辨图破案大侦探

抽丝剥茧　侦破案情真相
千头万绪　辨析真话谎言

镜子里的罪犯

赵帅通◎编著

上海科学普及出版社

图书在版编目（CIP）数据

镜子里的罪犯 / 赵帅通编著 .—上海：上海科学普及出版社，2015.6（2021.11重印）

（辨图破案大侦探）

ISBN 978-7-5427-6371-6

Ⅰ.①镜… Ⅱ.①赵… Ⅲ.①故事－作品集－中国－当代 Ⅳ.①I247.8

中国版本图书馆 CIP 数据核字 (2015) 第 015060 号

责任编辑：李　蕾

辨图破案大侦探

镜子里的罪犯

赵帅通　编著

上海科学普及出版社发行

（上海中山北路 832 号 邮编 200070）

http://www.pspsh.com

各地新华书店经销　天津融正印刷有限公司印刷

开本：787×1092　1/16　印张：8　字数：120 000

2015 年 6 月第 1 版　2021 年 11 月第 2 次印刷

ISBN 978-7-5427-6371-6　定价：29.80 元

目 录

1. 克莱尔的生日派对……1
2. 郁金香与珍珠……3
3. 神秘的邮票……6
4. 狡猾的走私者……9
5. 巴黎之旅……11
6. 浴室杀人案……14

7. 橙汁的秘密……17
8. 镜子里的罪犯……20
9. 咖啡杯之谜……23
10. 莱昂先生的收藏……27
11. 职业小偷……30
12. 牧羊人自杀案……32
13. 布朗先生的线索……35
14. 真正的新娘……37
15. 散落的硬币……40
16. 疯妇的袭击……43
17. 钢琴上的密道开关……45

18. 公园里的尸体……47
19. 反锁的酒窖……50
20. 沙漏的秘密……53
21. 吸血鬼的出身……56
22. 宴会杀人的真相……59
23. 女教师死亡之谜……62

24. 杀手的失误……65
25. 国际大盗越狱案……67
26. 手提箱迷踪……70
27. 奇怪的触电事故……72
28. 密室枪杀案……74
29. 小狗的秘密……76
30. 谁是开枪者……78
31. 克里斯汀的测试……80
32. 休斯顿的迷宫……82
33. 艾文的判断……84
34. 复杂的关系……86
35. 谁是第一……88

36. 温尼先生的谜题……90
37. 艾文的问题……92
38. 聪明的售货员……94
39. 布拉德的伎俩……96
40. 小偷的困惑……98
41. 西拉蒙的破绽……100
42. 布朗先生的理由……102
43. 最后的礼物……105
44. 奇特的生日礼物……109
45. 睡美人之死……110
46. 神奇的占卜师……113
47. 突破封锁线的大盗……116
48. 豪华的套房……118
49. 别墅绑架案……120

艾文

八岁，读小学三年级，常为自己的爸爸是私家侦探而感到万分自豪。艾文脑袋瓜活络，活泼好动，善于思考。虽然常常闯祸，但总能凭借自己的小聪明而免于爸爸的责备。

克莱尔

八岁，读小学三年级，艾文的同学、邻居兼好朋友。她自诩比艾文更有侦探天赋，但事实上胆小娇气，对艾文很是依赖。

布朗先生

伦敦市颇有名气的私家侦探，艾文最敬爱的爸爸。他沉默寡言，富有破案经验，擅长从一些常人不易觉察的蛛丝马迹中发现破案的关键线索，让很多坏人闻风丧胆。

威狼

一只受过严格训练的狗，时常在各个凶杀现场客串演出，威风凛凛，面相凶猛，可惜品种不详，是艾文和克莱尔的好玩伴。

1. 克莱尔的生日派对

克莱尔是一个聪明活泼的姑娘，她马上要过 9 岁生日了。克莱尔的爸爸妈妈决定在艾玛餐厅为她举行一个生日派对，庆祝一番。这天，克莱尔邀请了很多朋友来参加派对。

艾玛餐厅是由老板雷特里亲自掌勺的，声名卓著。但是，生日派对上的饭菜实在太难吃了，客人们纷纷把饭菜吐了出来，一个宾客的口中甚至吐出了一个肥皂泡，很多人都往洗手间走去。

雷特里看到这种情况，怒气冲冲地说道："有人要毁了我的餐厅。我怀疑是我的弟弟伯恩，因为我不同意将餐厅分店的经营权交给他，为此他已经威胁我好几次了！"

克莱尔听了，和大家一起愤怒地冲进厨房，她要问问伯恩，在她的生日派对上做出如此糟糕的饭菜是什么意思。

伯恩看着怒气冲冲的众人，耸耸肩，说："我什么都不知道，这家餐厅里肯定有别人在恶作剧，捉弄大家。"

不过，克莱尔很快就看出来谁是那个搞恶作剧的人了，你知道为什么吗？

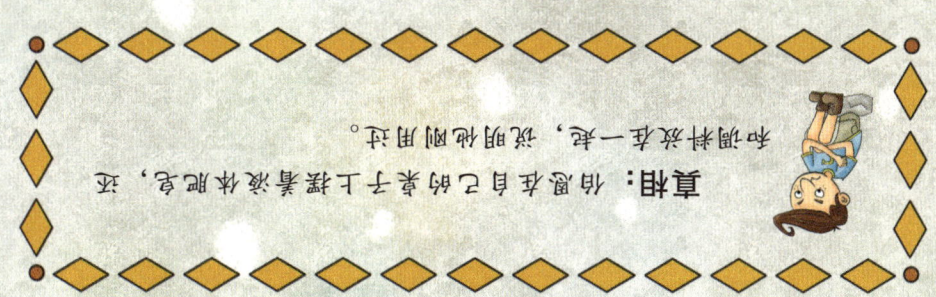

真相：伯恩在自己的桌子上摆着液体肥皂，还和调料放在一起，说明他刚用过。

芥末
液体肥皂

2. 郁金香与珍珠

三天前，艾文吵着要去远游，布朗先生只好带着艾文还有太太启程。第三天下午返家，他们发现屋内被翻得乱七八糟。面对院子的窗户已经被打开，窗户上的玻璃是盗贼用玻璃刀划开的。

艾文的妈妈整理后发现，丈夫的相机和自己的珍珠饰品被偷走了。

布朗先生一边打电话找警察来勘查现场，协助破案，一边向周围的邻居了解情况。

根据邻居们提供的线索，警察很快确定了两个嫌疑犯。

两个嫌疑犯中，一个是叫汉斯的青年。昨天中午过后，附近的孩子们看见他从艾文家的院子里出来。

另一个是叫法尔克的男子。他昨天夜里 10 点钟左右鬼鬼祟祟地在艾文家附近晃悠，被偶尔路过的巡逻警察发现。

布朗先生一边和警官讨论这起案件，一边走到被夕阳照射的

院子里。院子的花坛里正开着红、白、黄各种颜色的郁金香。

这时，一直偷偷跟在他们后边的艾文突然发现了一个细微的线索，他兴奋地说道：“这两个嫌疑犯一个在白天出现，一个在晚上出现。现在，至少可以确定有一个人不是窃贼了。”

你知道艾文为什么这样说吗？

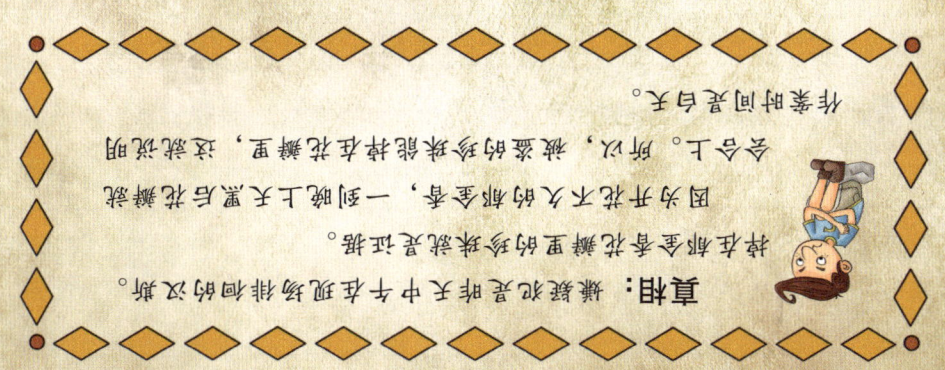

真相： 嫌疑犯是昨天中午在现场徘徊的汉斯。掉在郁金香花瓣里的珍珠就是证据。因为开花不久的郁金香，一到晚上天黑后花瓣就会合上。所以，被盗的珍珠能掉在花瓣里，这就说明作案时间是白天。

3. 神秘的邮票

英国著名的收藏家瑞特先生，是布朗先生的朋友，也是艾文最喜欢的叔叔。这一年，瑞特花十五万美元的高价，在纽约买下了一枚“邮局邮票”。这枚珍贵的邮票得来当属不易。

这枚邮票是1847年在印度洋上的一个英属殖民地毛里求斯岛发行的，当时岛上连一个像样的印刷厂也没有，邮票是由一个钟表匠采用凹版印刷制作的，而且不知是疏忽还是什么缘故，竟把“POST PAID”（邮资已付）的字样印成了“POST OFFICE”（邮局）。

经考证，这种邮票目前世界上仅存二十六枚，称得上是邮票珍品中的珍品了。邮票本身已经很珍贵，加上瑞特先生的经历，

$300
$300
$300

更增加了这枚邮票的传奇性，艾文听得越来越专心。

瑞特先生轻描淡写地回忆了那非常惊险的一幕：

“当天的拍卖会结束后，我趁人不注意悄悄地离开了。可是，当我走到地下停车场，刚想拉开车门的时候，我的头部被人从背后用钝器击了一下，我当即就失去了知觉。

“我醒来后，发现自己的手脚被紧紧地捆绑着。我被关在一间不知是什么地方的汽车库里，身边围着三个戴着墨镜、凶神恶煞的人。幸好，我早有防备，只是我没有想到刚出会场就遭抢劫。他们用枪抵着我，恶狠狠地威胁我。我试图跟他们装傻，但他们显然早就盯上我了。他们搜遍我全身上下，拿出了我身上的所有物品，甚至用剃刀将我的衣服和鞋子内外都剥开了，却始终没有找到那枚邮票。你知道邮票藏在哪里吗？”

艾文仔细思考着，费了很大的劲儿也没能想到邮票藏在哪儿。你知道邮票藏在哪儿吗？

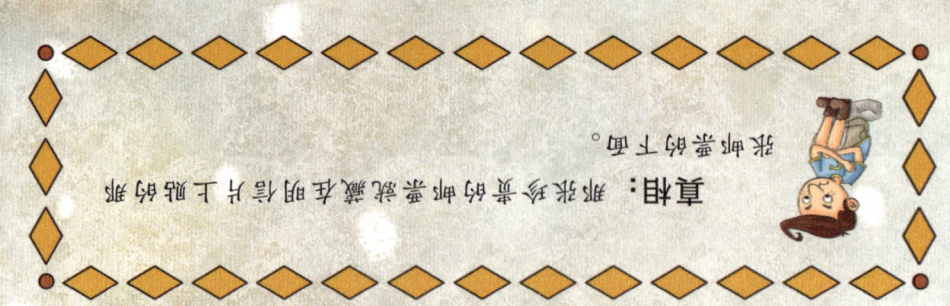

真相：那张珍贵的邮票就藏在明信片上贴的那张邮票的下面。

4. 狡猾的走私者

这段时间，布朗先生被派到海关协助当地检察人员工作，在新的同事中，他最敬佩的人是保罗。保罗是一位入境安检员，他经验丰富，走私物品无论是藏在木材里还是汽车轮胎里，他都能毫不费力地找出来。走私者都对保罗敬而远之，宁可绕行也不愿从保罗的辖区过关，只有马克除外。因此，布朗先生非常关注马克。

马克每次只从保罗的辖区经过，而且每次都主动配合保罗的检查工作。让保罗恼火的是，他担任检查员二十年，从来没有查到过马克携带任何走私物品。

保罗虽然从情报渠道获得马克走私的消息，可是始终没有任何收获。好几次他几乎把马克崭新的宝马轿车拆散，每个零件都取下来详细检查，可也只找出随身携带的私人物品。马克不但不生气，甚至还上前帮忙，从早晨一直忙到傍晚，一句怨言都没有。最后，毫无办法的保罗只好放行。

年复一年，保罗快退休了。保罗希望能在最后的任期里找到马克走私的秘密，他又一次认真地、里里外外地搜查了马克的车子，这一次他带上了布朗先生。

布朗先生也察觉到了马克的异常，但不知道问题出在哪儿。

他把保罗检查的场景拍了下来。艾文拿着照片细细思索了很久，然后与爸爸讨论案情。

你能帮助保罗找到马克走私的秘密吗？最明显的东西往往最容易被忽略，快试试看吧！

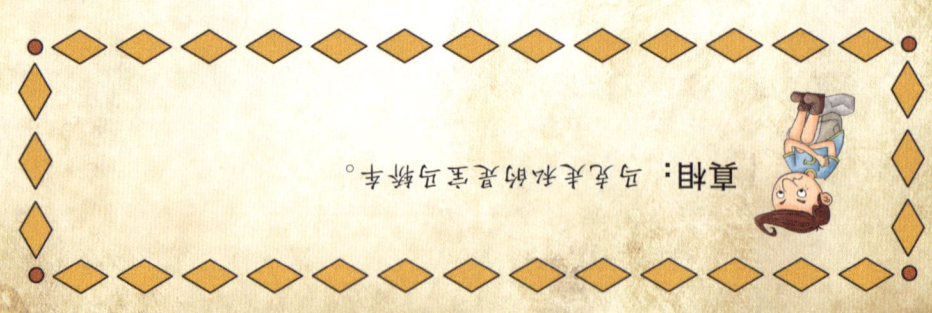

真相：马克走私的是宝马轿车。

5. 巴黎之旅

这天克莱尔来艾文家里玩，布朗先生正好在家里休息，他给两人出了一道侦探题：

尤利、雅克和德日姆是三兄弟，他们都酷爱侦探游戏，在日常生活中不免较量一番。

一次，三人到巴黎的阿莫里娅姑姑家去做客。

这天，阿莫里娅姑姑带着他们去市里游玩，回来后别人问他们都到什么地方去参观了。

三兄弟想了想，没有马上回答这个问题，而是又玩起了侦探推理游戏。

三人均承认在自己所说的话中，都只撒了一次谎。

艾文和克莱尔怎样去判断这三人话中的真假呢？

尤利
我们登上了艾菲尔铁塔，参观了凯旋门，但没有去蒙巴尔纳斯。
雅克
我们登上了艾菲尔铁塔，并到过蒙巴尔纳斯。可是我们既没参观凯旋门，也没有去巴黎体育大厦。
德日姆
我们没登上艾菲尔铁塔，但先参观了凯旋门，然后去了蒙巴尔纳斯。

真相：为了便于分析，我们把三兄弟的话简化。设A代表艾菲尔铁塔，B代表凯旋门，C代表蒙巴尔纳斯，D代表巴黎体育大厦，那么三兄弟说的话可简化为：

尤利：有A，有B，没有C。

雅克：有A，有C，没有B，没有D。

德日姆：有B，有C，没有A。

假设尤利说的“有A”是假话，则“有B，没有C”是真话。由此可推知雅克至少说了两次假话，这不符合题意。如果尤利说“有B”是假话，由此可推知德日姆至少说了两次假话，这也不符合题意。综上分析可知尤利说“有A”和“有B”是真话，说“没有C”是假话；雅克说“有A和有C，没有D”是真话，说“没有B”是假话；德日姆说“有B和有C”是真话，“没有A”是假话。由上述推理可以得出结论：有A，有B，有C，没有D，即三兄弟参观了艾菲尔铁塔、凯旋门和蒙巴尔纳斯，没有参观巴黎体育大厦。

6. 浴室杀人案

这天，艾文看到报纸上有这样一则新闻：

一个大雪纷飞的夜晚，一个富商被邻居发现死在了自家的浴室里。当天晚上警察就到了现场，死者侧身躺在浴室冰冷的地上，一把刀深深地插入了死者的背部，由于死者挣扎的缘故，血流得到处都是。场面看上去很吓人。

后来布朗先生告诉艾文，验尸报告显示，死者的死亡时间是在晚上6点到7点之间。但由于当时天气不好，目击者并不多。

只有富商的邻居提供了一条关键线索：“那天我头疼去买药，出门的时候正好是晚上 6 点，一个人从我身边走过，我想应该是推销员，这几天我们这儿天天有推销员来，他当时是抽着烟的。我买完药回来的时候大约 6 点 40 分，我看到富商的情妇慌慌张张地从他家跑了出来！”

听完邻居的证词，艾文偷偷跟着爸爸到了现场，进门时，布朗先生在门口发现了一个细微的证据。之后，他又听了推销员和富商情妇的证词，马上就确定了谁是真正的凶手。

艾文却还有些不明白，你能帮助艾文找到证据吗？

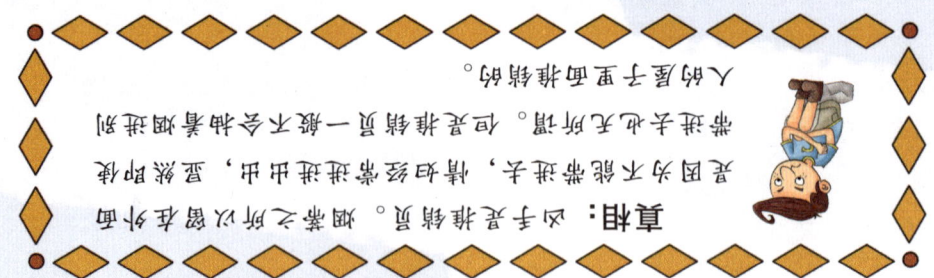

真相：凶手是推销员。烟蒂之所以留在外面是因为不能带进去，情妇经常进进出出，显然即使带进去也无所谓。但是推销员一般不会抽着烟进到人的屋子里面推销的。

7. 橙汁的秘密

小小年纪的克莱尔非常喜欢珠宝设计，听说有她最喜欢的珠宝设计师安娜的参展作品，她兴冲冲地邀请艾文陪她去参观。但是在博览会上，她并没有看到安娜小姐的作品。第二天，他们才从报纸上看到，在博览会开始之前，安娜小姐携带的珠宝箱子被人偷走，还好箱子已经找回，举办方次日将为安娜小姐举办一个特别的展览会。

事情的经过是这样子的：

在安娜小姐下榻的宾馆，接待员露丝接待了安娜小姐。

露丝将装有珠宝的密码箱放在床头上，转身对安娜说：“会议期间由我来照顾您的生活，需要什么请尽管吩咐。”

安娜说：“谢谢！请给我送一杯橙汁就可以了。”

之后，安娜便走进了盥洗室。然而，她的脸还没洗完，就听见外面“扑通”一声。她急忙跑出去，一看，露丝歪倒在门口，

头上流着血昏了过去。再往床头柜上看，装珠宝的密码箱不见了！

安娜急忙按响了报警电铃。

一会儿，布朗先生赶来了。他命令保安人员封锁宾馆，救醒露丝，并询问了她。

露丝说：“我给安娜小姐送橙汁过来，刚跨进房间，就觉得耳边有一阵风，接着头就被什么东西猛砸了一下，眼前一黑就什么都不知道了，恍惚间看见一个蒙面大汉提着密码箱逃走了。”

布朗先生环视了房间，然后说：“我知道谁是罪犯了，你还是将密码箱交出来吧。”

你知道布朗先生发现了什么线索吗？

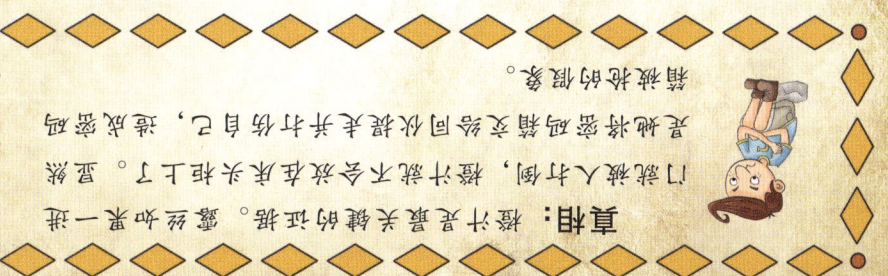

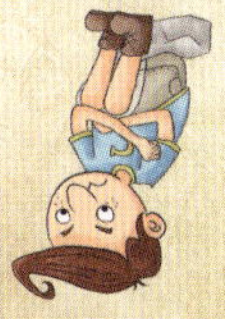

真相：橙汁是最关键的证据。露丝如果一进门就被人打倒，橙汁就不会放在床头柜上了。显然是她将密码箱交给同伙提走并打伤自己，造成密码箱被抢的假象。

8. 镜子里的罪犯 

艾文的表姐考上了一所非常著名的大学，谁知道刚入学不久，学校里便发生了一件骇人听闻的死亡事件。

死者的名字叫尼奥，他小时候经历了一场火灾，因此有非常严重的“恐火症”。那天，隔壁宿舍的同学听到从尼奥的宿舍里传来“失火了”的尖叫声。

后来，尼奥的室友福特也说道：“那晚凌晨1点左右，尼奥忽然从梦中醒来，一边叫‘失火了，失火了’，一边冲到屋外，结果就从楼梯上摔了下去。”

尼奥是近视眼，平时都戴着一副近视眼镜。很多警察都认为这是一起意外事故，死者因为在匆忙中看不清楼梯，才导致摔下楼梯而死的。

不过，尼奥的母亲珍妮太太并不认同警察的这一判断，她邀请布朗侦探一起来到了案发现场。

布朗侦探认真、仔细地勘查了四周，最终发现了一个细微的破绽，侦破了这一杀人案件。

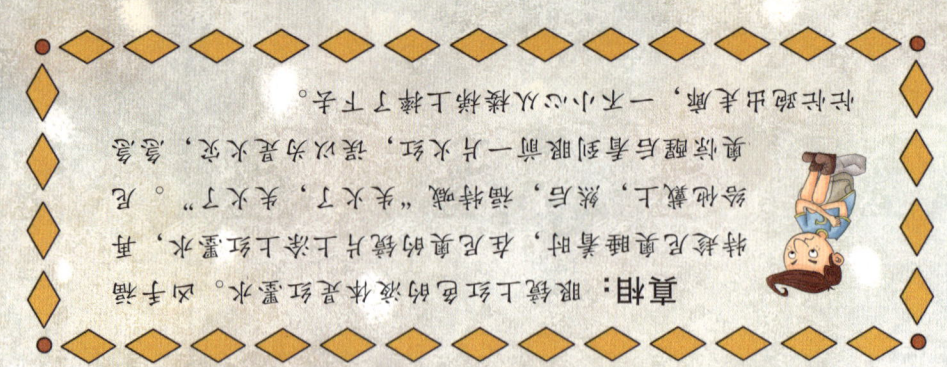

你知道谁是凶手吗？

真相：眼镜上红色的液体是红墨水。凶手福特趁尼奥睡着时，在尼奥的镜片上涂上红墨水，再给他戴上，然后，福特喊“失火了，失火了”。尼奥惊醒后看到眼前一片火红，误以为是火灾，急急忙忙跑出走廊，一不小心从楼梯上摔了下去。

9. 咖啡杯之谜

几天前，推理作家邦德先生就开始在希尔顿酒店埋头写小说。

一天晚上，他写不下去了，便在酒店附近散步，恰巧碰到布朗先生。

两人是多年好友，邦德邀请布朗先生到他下榻的酒店里喝咖啡。

两人聊着天，邦德说：“布朗，我最近写作遇到瓶颈了，你给我讲讲你所经历的离奇案件吧，说不定会对我有帮助。”

于是布朗先生把最近处理的两三起案件告诉了邦德，但是都是一些普通的案件。

邦德问：“没有更奇特的案件吗？”

这时，响起了敲门声。原来是杂志社的一个记者来拜访邦德，

希望能够对邦德做一个专访。

于是，邦德便把布朗先生留在了卧室，自己随记者一起到会客室做专访。

半个小时后，邦德回到卧室，看到布朗先生正在看电视。

邦德坐下后，惊奇地发现自己的咖啡杯不见了。

邦德问："哎，我的杯子呢？"

布朗先生笑答："不是刚才带到会客室去了吗？"

"不会，我是放在这儿的。"尽管这样说，邦德还是到会客室找了一遍，仍然没看见咖啡杯。

"这件事情太奇怪了。"邦德嘟哝着。

这时，又有人敲门。

邦德一开门，只见酒店侍者站在门口，手中拿着白色的咖啡杯。

"我把杯子给您送来了。"

邦德目瞪口呆地问："杯子放在什么地方？"

"这间房下面的院子里。"

"院子里？你怎么知道是我的杯子？"

侍者让他看杯子外写的字，有人用笔在杯上写着：

"把这个杯子送到806号房。谢谢！"

"多谢，辛苦了。"布朗先生斜视着呆立的邦德，把小费递给侍者。

看着布朗先生脸上神秘的微笑，邦德知道是布朗先生故意给他出的推理题目。

可是，他仔细想了想，虽然有窗户正对着院子，如果把杯子从窗户丢下去，杯子早就摔碎了啊，那么杯子到底是如何完好地放在院子里的呢？

邦德开始坐下来，绞尽脑汁地回忆着，自己到底忽略了什么线索。

你知道布朗先生是如何将咖啡杯放到院子里的吗？

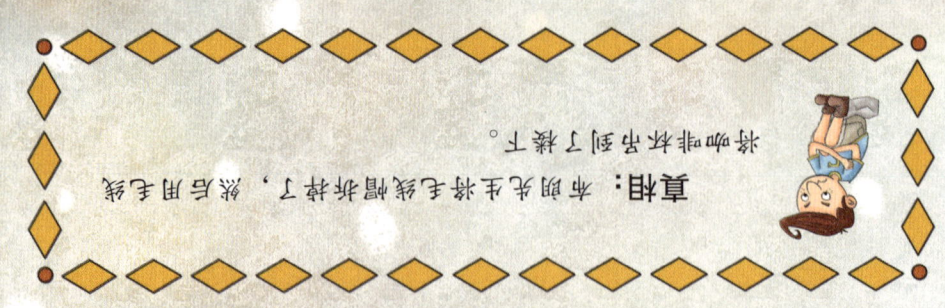

真相： 布朗先生将毛线帽拆掉了，然后用毛线将咖啡杯吊到了楼下。

10. 莱昂先生的收藏

今天，布朗先生受莱昂先生之邀，前去他家欣赏梵高的自画像。莱昂先生特别喜欢收集世界名画，前天刚得到一幅梵高的自画像，据说价值不菲，邀请许多好朋友来家里欣赏名画。

布朗先生对名画也是颇为喜爱，在欣赏名画时，布朗先生对莱昂先生开玩笑地说：“这幅画如此贵重，就这样挂在客厅里，你不害怕被人盗去吗？”

莱昂先生面带微笑地说道：“有什么可怕的，我已经为它买过保险了。”

布朗先生又说道：“话虽如此，但能得到这么珍贵的东西，就是一种大运气，若是不幸被盗的话，以后就算是花再多的钱也很难买得到啊。”

莱昂先生听了布朗先生的这一番话后，并没有显示出太多

的担心，只是说了句：“也是。”

不幸的事情，没过几天就发生了，那幅名画真的被盗走了。布朗先生再次来到莱昂先生家里，看到莱昂先生正在为这件事伤心，保险公司的人正在检查现场。莱昂先生的家里被仔细查找过一遍了，却没有找到任何线索。不一会儿，保险公司的人检查完房间后就离开了。这时布朗先生就坐下来安慰莱昂先生道：“放心吧，一定会找回来的，就算找不回来，你不是也买了保险了吗……”

“哎，我现在后悔死了，早应该听你的，将它放到一个安全的地方，不应该张扬地挂在客厅里。”莱昂先生十分懊悔地说。

布朗先生一边听着莱昂先生的话，一边仔细地打量着客厅，希望能发现一些线索。突然，他看到了一件东西，然后说道：“老朋友，还是把那幅画拿出来吧，你这样骗保险金是不对的。”

莱昂先生非常惊讶地问：“你是怎么知道的？”

你知道布朗先生看到什么了吗？莱昂先生把画藏在哪里了呢？

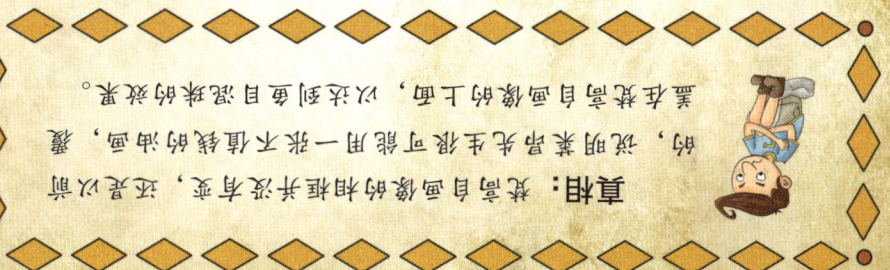

真相：梵高自画像的相框并没有变，还是以前的，说明莱昂先生很可能用一张不值钱的油画，覆盖在梵高自画像的上面，以达到鱼目混珠的效果。

11. 职业小偷

克莱尔看到一个侦探谜题，但是她左思右想也没有找到答案，于是来到艾文家里，请艾文帮忙。

故事的主人公约翰是一个职业小偷，他经常溜到地铁上去作案。这天，约翰带着自己多年来偷得的几十万美元，准备到银行里存起来。

坐在地铁上，约翰又犯了职业病，忍不住又做起了小偷，一口气偷了三个人的钱包。

他兴高采烈地下了车，躲在角落里想清点一下。他发现三个钱包里的钱总共不过几百美元，接着他惊叫了起来，原来与这三个钱包放在一起的自己的钱包竟然不翼而飞，那里面装着自己的全部家当呢！这时，他发现口袋里还有一张字条，他看了看字条，顿时欲哭无泪。

下面是约翰偷窃的过程，艾文经过仔细分析，最终找出了另一个小偷，你知道是谁偷了约翰的钱包吗？

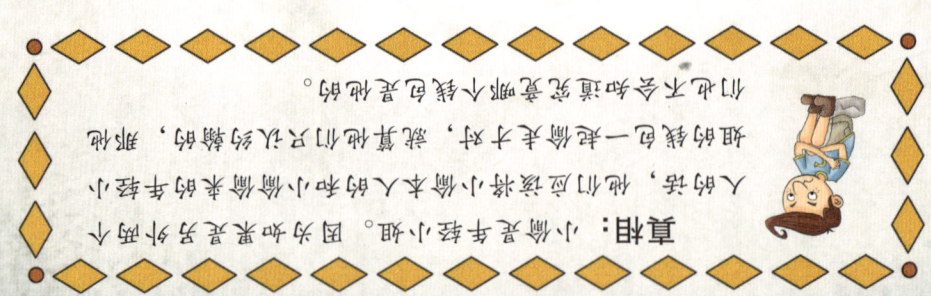

真相：小偷是年轻小姐。因为如果是另外两个人的话，他们应该将小偷本人的和小偷偷来的年轻小姐的钱包一起偷走才对，就算他们只认约翰的，那他们也不会知道究竟哪个钱包是他的。

12. 牧羊人自杀案

这几年，布朗先生的侦探所越来越有名气，他实在是一个头脑灵活的人，很多疑难问题他都可以用推理的方法解决，艾文越来越佩服自己的爸爸。

这天，神父所管辖的教区发生了一宗命案，一个名叫吉米的牧羊人因头部中枪而死。

布朗先生了解到，吉米的爱妻因病去世，前一天才下葬于天主教坟场。下葬时，吉米悲痛欲绝，表示不愿意再生存于世，并表示死后要与爱妻合葬。

但是根据教规，自杀的人不可以葬在天主教的坟场内。

警方勘查了现场，认为死者不可能是自杀，于是就判定其为他杀。但是，神父觉得事情没那么简单。他邀请布朗先生来帮助他解决这个难题。

10米

布朗先生和神父在现场四周查看后，发现了可疑的线索，为此他们的内心非常犹豫，不知是否应该告诉警察。

神父犹豫良久，最终还是没有说出真相。这天，他来到吉米和妻子合葬的坟场，喃喃自语：“可怜的吉米，我知道你爱妻情切，你是自杀，希望与妻子合葬。我不会揭发你，愿天主原谅我，阿门！”

但是，就在这个时候，布朗先生道出了吉米的死亡真相。

你知道神父和布朗先生为什么都断定吉米是自杀吗？

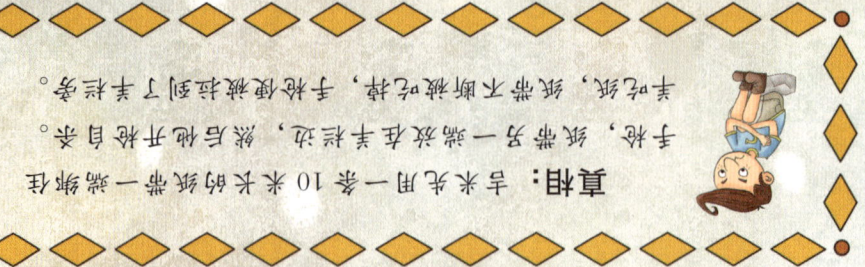

真相：吉米先用一条10米长的纸带一端绑住手枪，纸带另一端放在羊栏边，然后他开枪自杀。羊吃纸，纸带不断被吃掉，手枪便被拉到了羊栏旁。

13. 布朗先生的线索

史密斯太太是一个孤独的老妪，多年来她一直住在山顶上一个破旧的庄园里，几乎与世隔绝。

一天，她的邻居克莱斯太太到警察局报案说，已经三天没有看到史密斯太太出门了，她担心这位老妇人可能出了什么事情，曾经去敲过门，没有人开门。

警员埃尔听到后，懊恼而尴尬地对布朗先生说道：“哦，真该死！我两天前凌晨 4 点钟就接到一个匿名电话，说史密斯太太被人谋杀了，但我还以为这只是一个恶作剧，因此一直没有着手调查。我们现在去看看吧。”

布朗先生和警员埃尔很快到了庄园内，他们破门而入，发现史密斯太太已经死在自己的厨房里。

很快，验尸报告出来了，史密斯太太是被人用木棒打死的。

埃尔对布朗先生报告说：“由于城里商店没有电话预约送货，而必须写信订货，老太太连电话都很少打。除了一个送奶工和邮差，每天给老太太送牛奶和报纸外，唯一的来客就是每周送一次食品杂货的男孩子。据说史密斯太太很有钱，在庄园里她至少藏有五万元英镑。我想这一定是谋财害命，可是到底是谁杀了史密斯太太呢？”

这时，布朗先生刚好走到走廊里，他看着房门口，突然脸上露出了微笑，说道：“说不定正是因为你拖延了破案时间，才为我们提供了重要线索呢！”

你知道布朗先生所说的线索是什么吗？

真相：凶手是送奶工。门口放着三份报纸，却没有放牛奶，说明送奶工早就知道史密斯太太已经死了，而他就是凶手。他还打了匿名电话报警，不过没有想到警察将其视为恶作剧，没有立即调查。

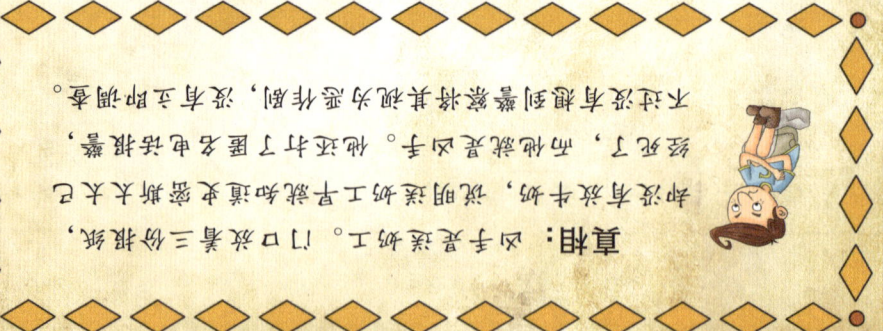

14. 真正的新娘

布朗先生在美国有一位很好的朋友——路易斯，这个春天，路易斯邀请布朗一家来美国度假。原计划今天要去参观第五大道，没想到这一切都被一个电话打乱了。

新婚不久的荷兰商人贝利来美国纽约洽谈生意，不料遭遇车祸，不幸身亡。作为贝利在美国唯一的朋友，路易斯立即发了份电报，请新娘来美国料理后事。

没过几天，新娘来到了美国。

但令人奇怪的是，来了两个新娘，她们都坚称自己是贝利的妻子。

这让路易斯十分为难，他没有见过贝利的新娘，只知道新娘也是荷兰人，是个钢琴师。无奈之下，他只得请布朗先生来帮忙分辨真假新娘。

布朗先生来后询问得知，贝利拥有一大笔财产。按照法律，他的妻子将继承这笔财产。现在，两个新娘中的一个一定是想来骗取这笔财产的。

布朗先生思忖之后，想了一个办法来辨别真假新娘，他让两个新娘分别演奏了一首钢琴曲，并且很快确定了谁是真正的新娘。艾文对爸爸的这一做法敬佩得五体投地。

你知道他是怎么做出判断的吗？

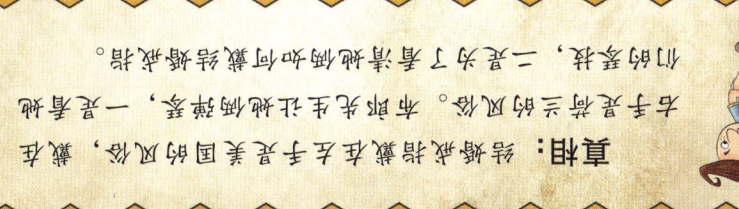

真相： 结婚戒指戴在左手是美国的风俗，戴在右手是德国的风俗。布朗先生让她俩弹琴，一是看她们的琴技，二是为了看清她俩如何戴结婚戒指。

15. 散落的硬币

美国一年一度的射箭比赛即将在费城举行，约翰和斯特姆都是来参加比赛的射箭运动员，两人都技艺精湛，很快要展开一场冠军角逐。能观看到这场比赛，艾文兴奋不已。

约翰和斯特姆的住所在同一幢公寓楼里，这天下午就是他们最后的休息时间了。不幸的是，约翰在傍晚时中箭身亡，当时四周没有人，警察找不到目击者。

正在美国度假的布朗先生赶到案发现场，只见死者倒在公寓楼正门外，头朝门，脚朝大道，匍匐在地上，背部垂直射进一支羽箭。显然，死者是归来正要开门的时候，背后中箭倒下死去的。

布朗询问了公寓的管家迪斯先生。

迪斯先生说："案发时，这幢公寓里只有斯特姆先生一直在

二楼的公寓里休息，没有其他人进出。而且，斯特姆先生也一直没有走出房间，看约翰背后中箭的角度，应该是有人从他背后射的箭，斯特姆先生应该不会是凶手吧？”

布朗先生认真勘查了现场，渐渐发现了一些细微的线索，并将整个案件合理地推理出来了。

你知道他是怎样判断出凶手的吗？

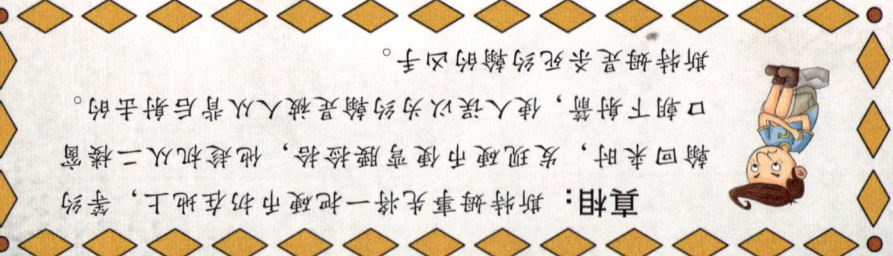

真相：斯特姆事先将一把硬币扔在地上，等约翰回来时，发现硬币便弯腰捡拾，他趁机从二楼窗口朝下射箭，使人误以为约翰是被人从背后射去的。斯特姆是杀死约翰的凶手。

16. 疯妇的袭击

一天，艾文、克莱尔和威狼正在客厅里看动画片，突然，对面的某个单元房里传出男人的一声呼救，随后就没有声音了。

很快有邻居拨打了报警电话，警察迅速赶到现场。艾文拉着克莱尔的手，飞快地跑到现场去看。

据邻居说，那一个房间内住着克里斯夫妇，克里斯太太因为精神不太正常，经常会乱砸东西。

有警官按那个房间的门铃，却没有人应声开门。警察于是撞开了房门，只见屋内有一名男子昏倒在地，他的头正流血；房间里还坐着一名女子，正在吃东西。

男子正是克里斯先生，他被救醒后，悲伤并有些焦虑地说：“她用东西从背后袭击了我，可是我来不及看她手里拿的是什么。”

然而，警察搜遍了整个房间，也没有找到能作为凶器的硬物。克里斯先生解释说，他妻子因为精神不太正常，他担心她伤害人，所以从来不在屋子里放置能够伤人的硬物。

警官也觉得很蹊跷，用锐利的目光打量着四周，却找不到凶器。聪明的克莱尔悄声对艾文说：“我知道是什么了！”

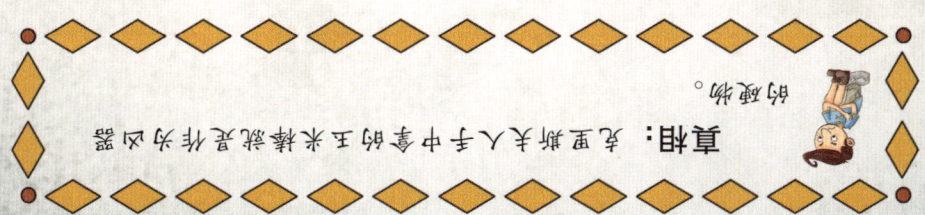

你知道了吗？

真相：克里斯夫人手中拿的玉米棒就是作为凶器的硬物。

17. 钢琴上的密道开关

布朗先生最近为一起走私案忙得焦头烂额，在终于得到了一定的证据之后，他果断决定要逮捕该团伙的首领奥尔洛。

这天，布朗先生和警察开始实施抓捕计划，警员阿尔莫首先冲入奥尔洛的住宅，布朗先生紧随其后。

奥尔洛意识到自己的罪行已经暴露，一边开枪拒捕，一边逃入一间书房。阿尔莫紧随其后。

布朗先生听到几声枪响后，也进入了书房。只见房间内窗户紧闭着，阿尔莫腹部中了一枪，倒在地上，此时已经陷入昏迷，而罪犯奥尔洛已不见踪影。这里是五楼，罪犯不可能跳窗逃遁。那么，奥尔洛最有可能的逃跑路线就是通过密道逃跑，可是，怎样才能打开密道呢？布朗先生顿时陷入了沉思。

布朗先生用锐利的目光打量着周围的一切，突然，他的脸上露出了微笑。

你知道密道的开关在哪里吗？

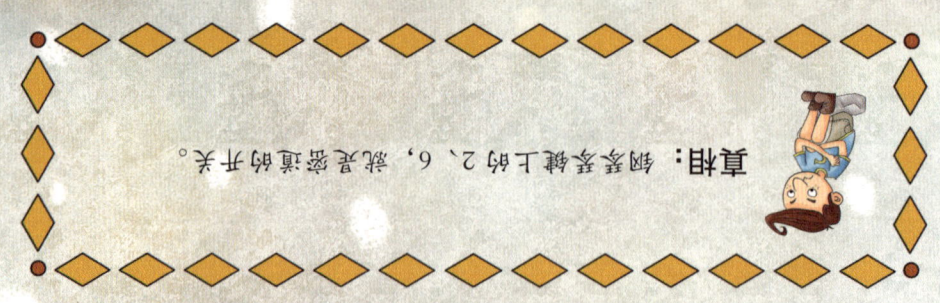

真相：钢琴琴键上的 2、6，就是密道的开关。

18. 公园里的尸体

8月25日是星期六，一个学生在西玛酒店服毒自杀。第二天，也就是26日星期天，酒店服务员发现了死者，便立即告诉主管玛斯先生。

服务员问玛斯先生：“是不是马上报警？”

玛斯先生想了想，说：“别那么傻，是他自己要死的，我们何必去自找麻烦呢！只要警察一来，这件事便会闹得沸沸扬扬，到时肯定会影响酒店的声誉。”

服务员说：“但是尸体不能不处理啊！”

玛斯先生说道：“丢在后面的公园里吧。那里是有名的自杀场地，上个月已有一对情侣在那里自杀，警察只会以为又多了一宗自杀案。”

26日晚上，当所有旅客都睡着后，服务员和玛斯先生便悄悄地将尸体抬到后面的公园里。

他们在草丛中看到一张被人丢弃的报纸，便把尸体放在上面，然后将死者留下的遗书塞入死者的口袋里，并把有毒的杯子放在尸体旁边，令人看来死者真的是在公园自杀的。

两人布置完后，自认为没留下丝毫破绽，就快速离开了。

27日早上，尸体被发现了。经验尸后，证实死亡时间应该在25日9时左右。

死者的家属邀请布朗先生来破这个案件，艾文在卷宗里看到现场照片后，很快就说：“即使死者是自杀，发生的地点也绝不是这里。我肯定是有人怕麻烦，才将尸体迁移到此的。”

你知道艾文凭什么这样说吗？

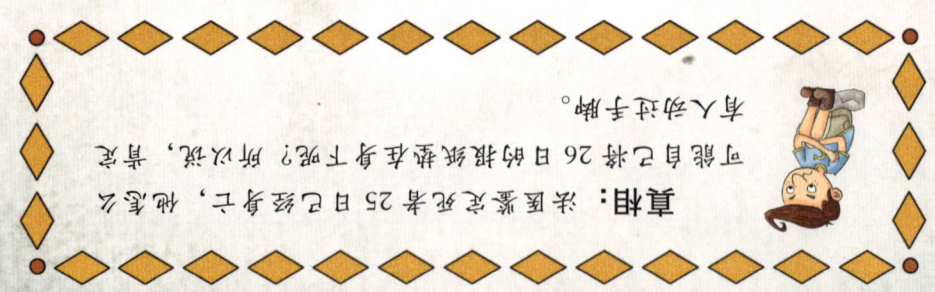

真相：法医鉴定死者25日已经身亡，他怎么可能自己将26日的报纸垫在身下呢？所以说，肯定有人动过手脚。

8月26日

19. 反锁的酒窖

艾文和克莱尔放学回来，商量好要去艾文家里做作业。刚走进艾文家，就听到家里有客人在与布朗先生讲述案情。艾文和克莱尔都很喜欢听故事，于是，悄悄地坐在书房的窗户下听。

不久，聪明的两人就听明白了，客人名叫皮特，他一向都是乘星期五上午 9 点 53 分的快车离开他工作的城市的，两个小时后可到达他郊外的住宅。可是有一个星期五，他突然改变了他的习惯，在没有通知任何人的情况下，坐上了那天夜里的火车。

回到家里已近午夜零点，他听见他的秘书费根正在地下室的酒窖里面喊“救命”。皮特先生砸开门，将秘书放了出来。

“皮特先生，您总算回来了！”费根说道，“一群强盗抢了您的钱，他们又逼我服下了一粒药片——大概是安眠药之类的东西，然后将我推进地窖里，把地窖的门反锁上了。在您赶到之前，我才刚刚苏醒。在陷入昏迷之前，我迷迷糊糊地听到他们说要赶今天午夜零点的火车走，现在已经快午夜零点，恐怕已经来不及了！”

皮特先生一听钱被盗走，焦急万分，便立刻请布朗先生来调查此事。

第二天，布朗先生找到费根，费根又详细讲了事情发生的过程，所说的话与之前对皮特先生讲的完全一样。布朗先生检查了酒窖，又审视了费根一会儿，突然说道：“那么，请你跟我们好好说说，你把钱藏在哪儿了？你和那些强盗是一伙的。”

你知道布朗先生为什么做出这样的判断吗？

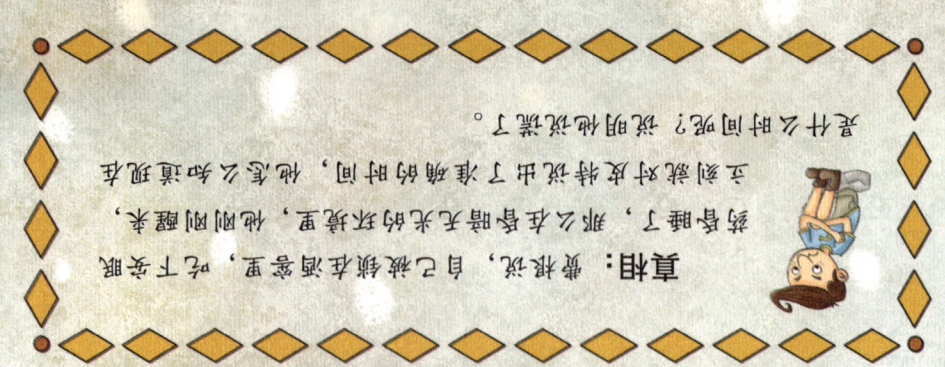

真相：费根说，自己被锁在酒窖里，吃下安眠药昏睡了，那么在昏暗无光的环境里，他刚刚醒来，立刻就对皮特说出了准确的时间，他怎么知道现在是什么时间呢？说明他说谎了。

20. 沙漏的秘密

杰姆斯是著名的开锁大盗，他手里没有打不开的锁，虽然他现在已经洗手不干了，但是很多人还记得他精湛的开锁技术。艾文和克莱尔都听说过他的大名。

正巧，一个冬季的早晨，布朗先生接受了一个有趣的邀请。

原来，英国皇室定做了三个用来放机密文件的保险箱，生产保险箱的厂商夸下海口，谁要是能在半小时内打开这三个保险箱，就支付给对方三万英镑。

杰姆斯听说后，对这不菲的酬劳动心了，决定要挑战这三个保险箱。布朗先生被邀请作为见证人。

众人到了以后，只见三个用特种钢材铸造的、闪烁着金属光泽的保险箱整齐地排列在办公室中央，精致的锁加上智能密码，表面上看不出任何破绽，似乎真的坚不可摧。

杰姆斯在壁炉旁暖了暖手，立刻开始动手，厂商代表则用一个有机玻璃沙漏开始计时。杰姆斯在开第一个保险箱时足足花了15分钟，尝试了二十种不同的方法，直到第二十一种方法才把保险箱打开，由于有了经验，第二个箱子他只花了7分钟时间。

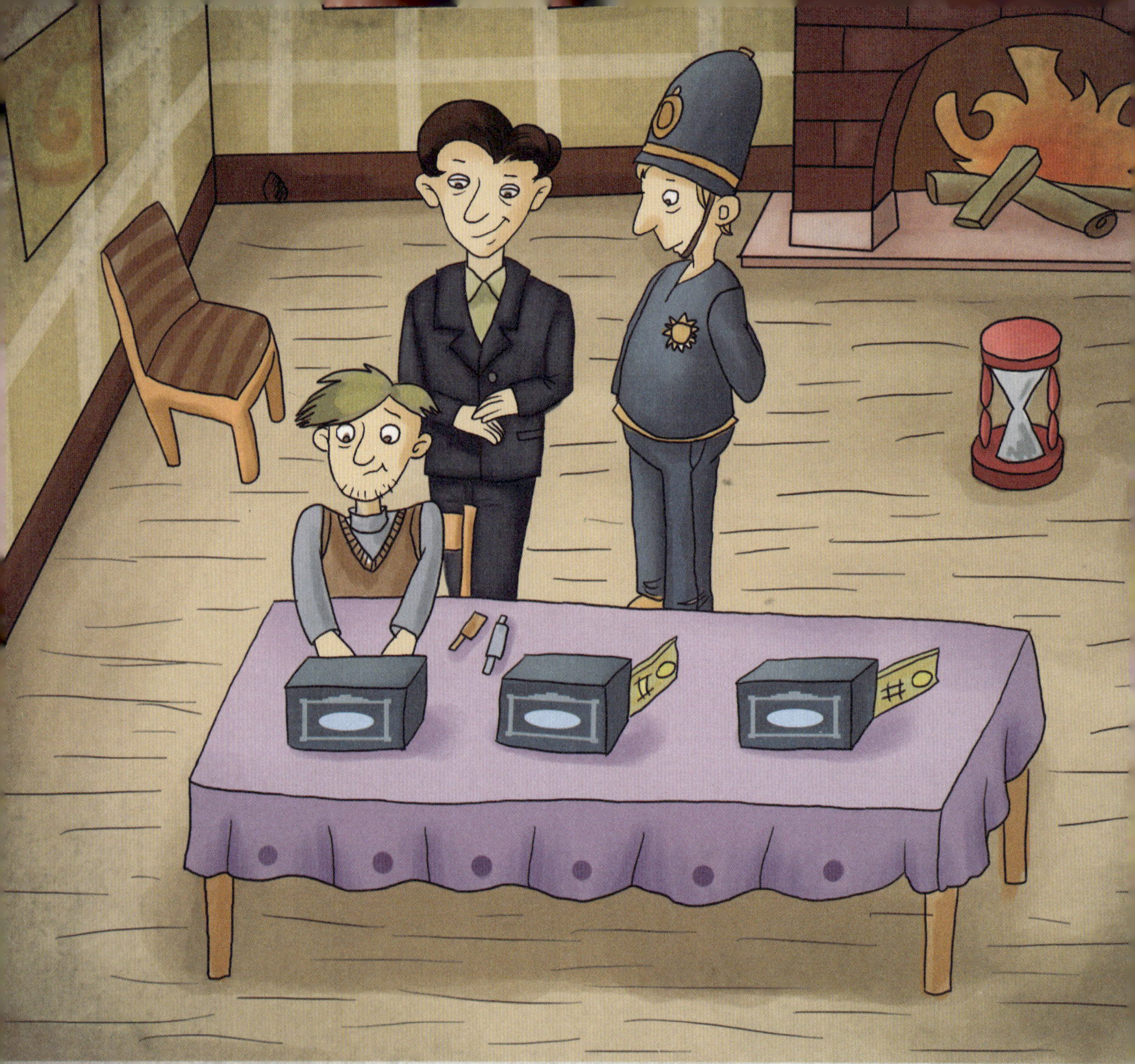

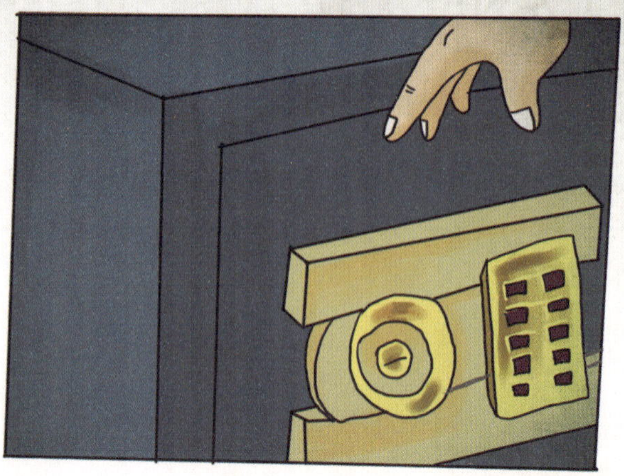

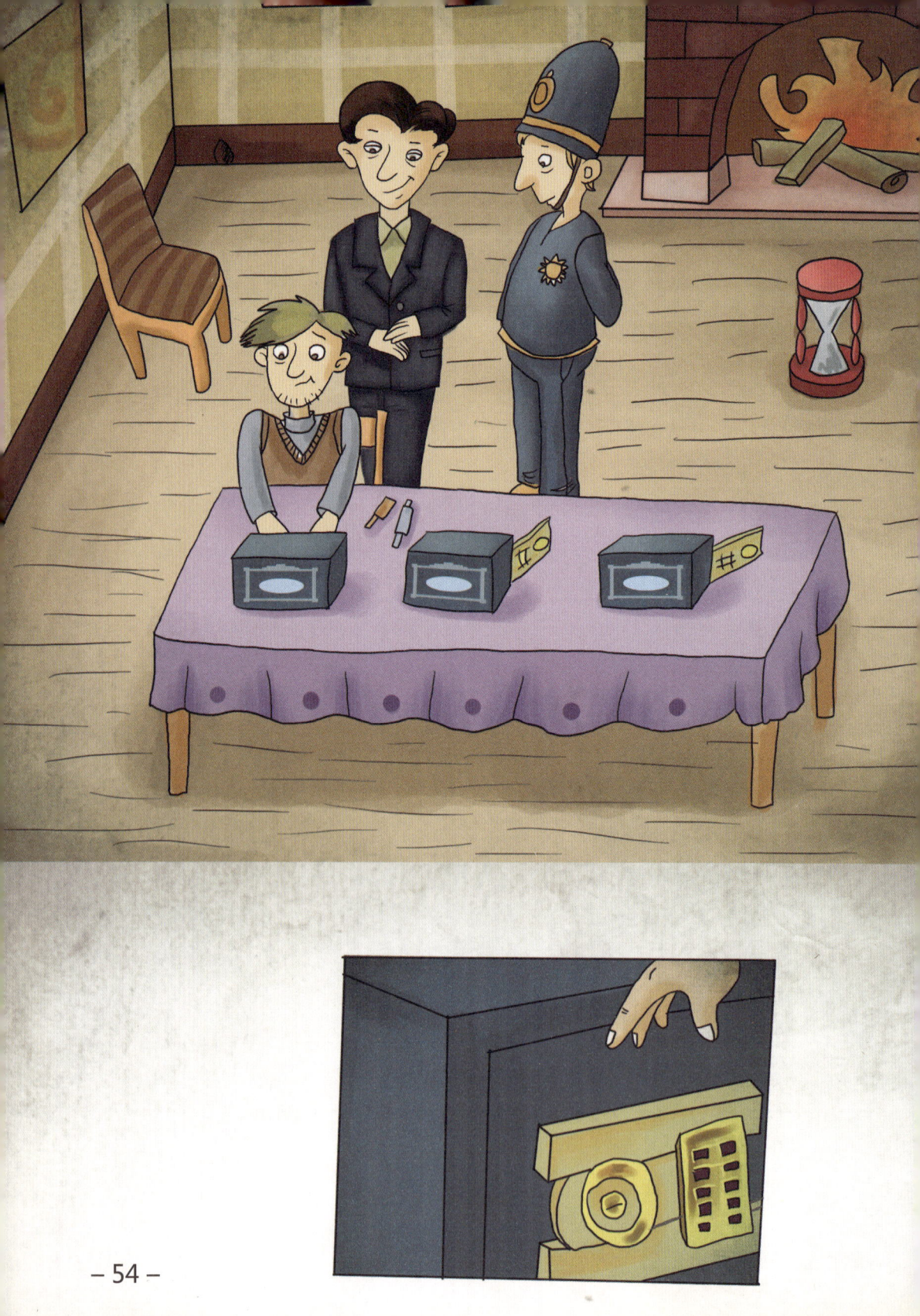

这时，厂商代表示意他暂停。

“我请你停下的原因，是想要告诉你，酬金就在第三个保险箱里。”他阴阳怪气地说，“现在，你还剩下 8 分钟时间。”接着，他把沙漏挪了一下位置，检查了一下漏斗，开始重新计时。

杰姆斯通过刚才两次经验，他对这种保险箱已经了如指掌。他顺利地打开了第三个保险箱，看到了里面厚厚的现金。

“亲爱的杰姆斯，我很佩服你，可是你超时了。”厂商代表说道。

杰姆斯回头一看，沙漏的刻度上显示时间为 9 分钟！他顿时变得非常沮丧和难以置信。

这时，布朗先生摸了摸自己的下巴，站出来，狡黠地说道：“杰姆斯先生，你看为什么漏斗要挪一下位置呢？”

杰姆斯听了，灵机一动，立刻明白沙漏走快了的原因，他大声对厂商代表说：“我已经知道你动了手脚，酬金还是我的！”

厂商代表听说后，顿时面如土色，只好按照事先的约定把酬金付给了杰姆斯。

你知道沙漏被移动位置的秘密吗？

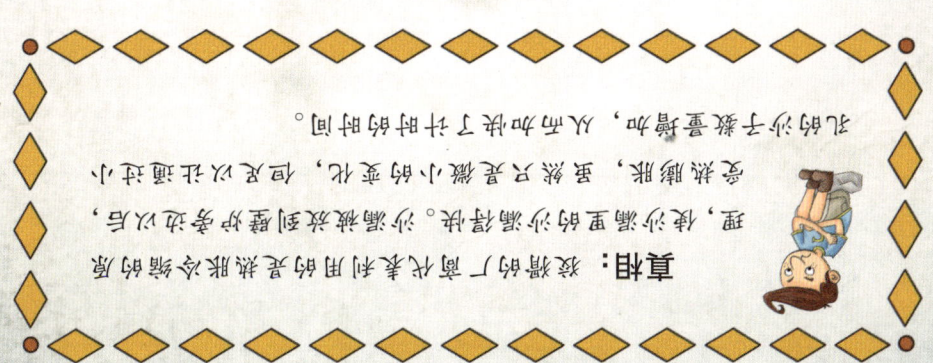

真相：狡猾的厂商代表利用的是热胀冷缩的原理，使沙漏里的沙漏得快。沙漏被放到暖炉旁边以后，受热膨胀，虽然只是微小的变化，但足以让通过小孔的沙子数量增加，从而加快了计时的时间。

21. 吸血鬼的出身

有一段时间，艾文和克莱尔非常喜欢看《暮光之城》，他们对吸血鬼的故事非常感兴趣，布朗先生趁热打铁，给他们出了一道关于吸血鬼的推理题：

传说很久以前，罗马尼亚有五个非常凶残的吸血鬼，他们有特殊的癖好。根据下面的信息，请你写出这五个吸血鬼的姓名、头衔、所在的城市，以及最喜欢的事物。

（1）统治苏恰瓦的吸血鬼最喜欢吃有钱人，但他不是叫乔治的公爵。

（2）图尔达的伯爵不是杰诺斯，也不是弗拉德。最喜欢吃罪犯的吸血鬼不是兰克，也不是米哈斯。

（3）扎勒乌的吸血鬼最喜欢吃外国人。

（4）阿尼纳的吸血鬼不是男爵。

（5）米哈斯是侯爵，他不喜欢吃有钱人。

	阿尼纳的公爵	图尔达的伯爵	纳波卡的男爵	扎勒乌的侯爵	苏恰瓦的王子	爱吃罪犯	爱吃女人	爱吃老人	爱吃外国人	爱吃有钱人
乔治										
兰克										
诺斯										
哈斯										
拉德										

（6）杰诺斯喜欢吃老人，他不是王子。

（7）有一个吸血鬼最喜欢吃女人。

（8）有一个吸血鬼在纳波卡。

艾文和克莱尔思考了很长时间也没想出来，你能帮助他们吗？

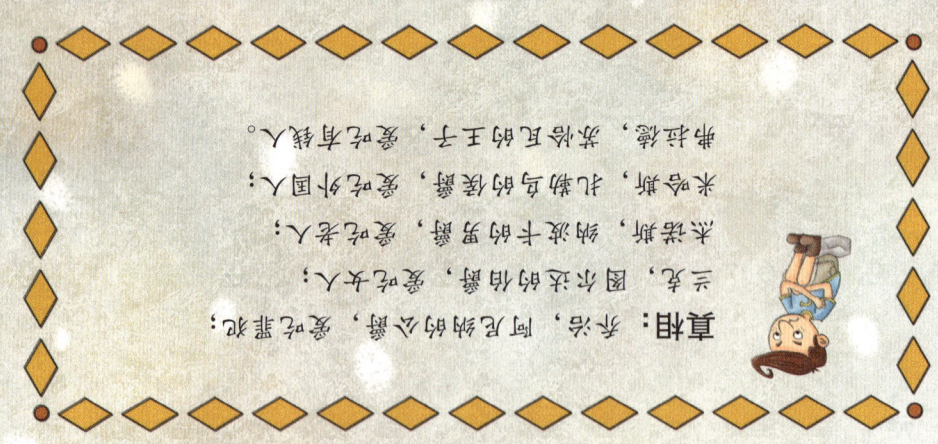

真相： 乔治，阿尼纳的公爵，爱吃罪犯；
兰克，图尔达的伯爵，爱吃女人；
杰诺斯，纳波卡的男爵，爱吃老人；
米哈斯，扎勒乌的侯爵，爱吃外国人；
弗拉德，苏恰瓦的王子，爱吃有钱人。

22. 宴会杀人的真相

英国伦敦非常流行家庭聚会。这天是克莱尔表姐的朋友生日，她是一个小明星，因此宴会上来了很多人。克莱尔的表姐带着克莱尔和艾文去凑热闹，艾文见到了一些只能在电视上看到的明星，因此非常开心。

看得出来，在宾客当中，最受青睐的是青年影星麦克。他被女人们围在中间，神采飞扬，尽管平日里酒量不错，但由于连连干杯，所以几杯威士忌下肚后，他有了几分醉意。

主人密特里厌恶地望着得意洋洋的麦克，用叉子插上一个沾了调味汁的大虾走上前去。

“麦克，今晚你的领带真漂亮啊，是哪个相好送的礼物吧？”

他一边讥讽着，一边若无其事地晃动着手中的叉子，黑红的调味汁溅了麦克一身，丝绸领带上顿时污迹斑斑。

“哎呀，真对不起，对不起。”

“不，没什么，这种领带一条两条的算不了什么……”麦克毫不介意，取出手帕欲将上面的污迹擦掉。

这时，密特里夫人走了过来。

“要是用手帕擦会留下痕迹的呀，洗手间里有洗涤剂，我去

给你洗洗。”

“不用了，夫人，没关系，我自己去洗，夫人还是去应酬其他客人吧。”

因有密特里在场，麦克假装客气一番，然后迅速朝洗手间走去。

洗涤剂就在洗手间的架子上放着，他将液体倒在领带上擦拭污迹，擦掉后立即回到宴会席上，边喝着威士忌，边与人谈笑风生。

突然，他身子晃了一晃便倒下了，威士忌的杯子从他手中滑到地上摔碎了。

宴会厅里全场哗然。急救车立即赶来，将麦克送往医院，但为时已晚。经诊断，死因为酒精中毒。

艾文和克莱尔很快了解到密特里夫人与麦克有私情，这更加坚定了两人认为麦克并非是酒精中毒死亡的看法。

那么，凶手究竟用什么手段杀了麦克呢？

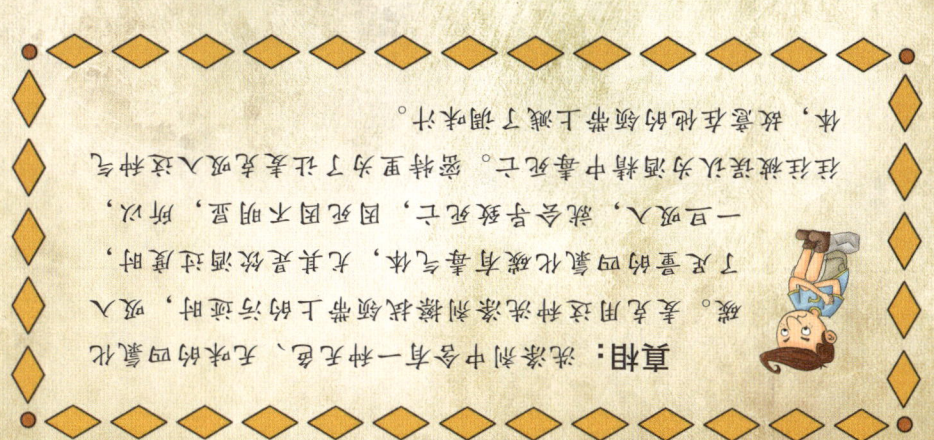

真相：洗涤剂中含有一种无色、无味的四氯化碳。麦克用这种洗涤剂擦拭领带上的污迹时，吸入了足量的四氯化碳有毒气体，尤其是饮酒过度时，一旦吸入，就会导致死亡，因死因不明显，所以，往往被误认为酒精中毒死亡。密特里为了让麦克吸入这种气体，故意在他的领带上溅了调味汁。

23. 女教师死亡之谜

放暑假了，艾文和克莱尔每天带着威狼四处溜达，刚开始还觉得很有意思，时间一长，大家都无聊起来，他们开始比赛做侦探题目。

有这样一道题：

塞德中学的女教师克里斯汀上午没到学校上课，学校的教导主任彼得先生下午到克里斯汀的住所去探望。

他到了克里斯汀的住所后发现，室内的灯是开着的，他按了几下门铃，却没人来开门。

教导主任感到很奇怪，于是请管理员来开门。门开了，发现穿着睡衣的克里斯汀躺在地上，浑身是血，已经死去多时。于是彼得先生立即报警。

警方展开了调查，发现死者是胸口被刺身亡。

根据伤口推断，死者可能是前天晚上 9 点左右遇害的。警方调查了左邻右舍以及管理员，知道在前天晚上 9 点左右，有两个男子来拜访过克里斯汀，一个是她的男友，一个是一名学生的哥哥。这两个夜访者说，他们先后按了门铃，都不见回音，就离开了。

彼得先生详细地观察了周围，然后将目光停在门上的猫眼处，最后他指出了凶手。你知道是谁吗？

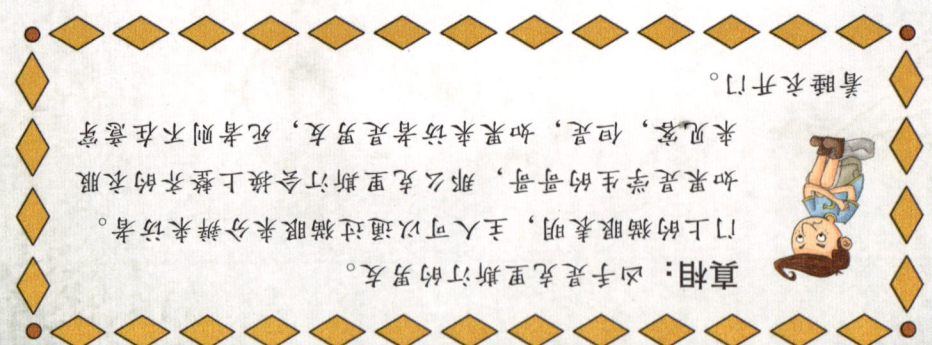

真相：凶手是克里斯汀的男友。

门上的猫眼表明，主人可以通过猫眼来分辨来访者。如果是学生的哥哥，那么克里斯汀会换上整齐的衣服来见客，但是，如果来访者是男友，死者则不在意穿着睡衣开门。

24. 杀手的失误

艾文放学回来，惊奇地看到了伦敦著名的大律师，他前来请求布朗先生帮助他处理朗姆先生的家事。朗姆是当地著名的富商，前不久自杀身亡。

原来，富商朗姆先生发现妻子有不轨行为后，立即与律师商量，欲根据当地法律对奸情受害人有利的规定，请律师起草剥夺妻子的财产分割权的离婚协议及起诉状。

朗姆太太得知消息后，立即与情夫密谋，决定请杀手谋杀朗姆先生，并伪造其自杀假象和遗嘱，将全部财产交由朗姆太太处理。

密谋既定，朗姆太太弄到留有朗姆先生手印的空白信笺，然后交给杀手，嘱咐杀手在将其杀死后，用他办公室的打字机打印遗嘱。

杀手受雇后，趁朗姆先生午休时，用装了消音器的手枪，贴着朗姆先生的左侧太阳穴开枪打死了朗姆先生，并且用打字机伪造出一份遗嘱。

律师拿出自己偷拍的现场照片，递给布朗先生看。布朗先生当即指出，这绝对不是一起自杀案件 。你知道凶手最大的失误在哪里吗?

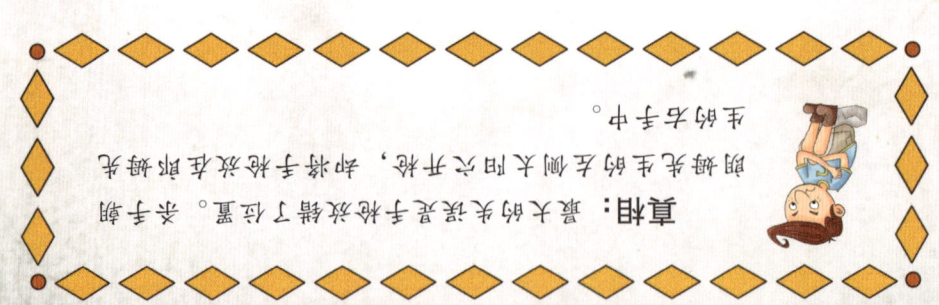

真相：最大的失误是手枪放错了位置。杀手朝朗姆先生的左侧太阳穴开枪，却将手枪放在朗姆先生的右手中。

25. 国际大盗越狱案

大新闻：国际上大名鼎鼎的高智商犯罪分子莫斯被捕了。莫斯只是一个代号，他的真名谁也不知道，只知道他曾经利用网络成功转移了欧洲某国一家银行几亿欧元，他甚至还利用高科技窃听到了某个国家的国防机密。值得庆幸的是他终于被警方抓住，并被法院判决为终身监禁，关押在一个看守等级很高的监狱里。

监狱里的生活环境还算可以，莫斯在这里，吃饭、看书、休息、娱乐，表现得都很平静，一点也不像一个国际大盗，从不违反规定。

然而，令人匪夷所思的是，两年后，在没有任何反常的情况下，莫斯越狱了！

在他逃走当天，狱警在他的床底下发现了一个长达 20 米、直通狱外的地道。可是，匪夷所思的事情就在这儿，按照常理推算，挖通这样长的一个通道，最少要挖出 7 吨的泥土，可在这两年时间里，狱警们并没有发现一点泥土。

为此，他们请来了布朗先生。布朗先生仔细地检查了莫斯经常活动的一些地方，比如阅览室、食堂等，都没有发现什么明显的线索。最后他们来到莫斯的牢房，秘密果然藏在这里。

当布朗先生说出泥土的隐藏之处时，所有的狱警都恍然大悟地“哦”了一声。

哦，你知道泥土藏在哪里吗？

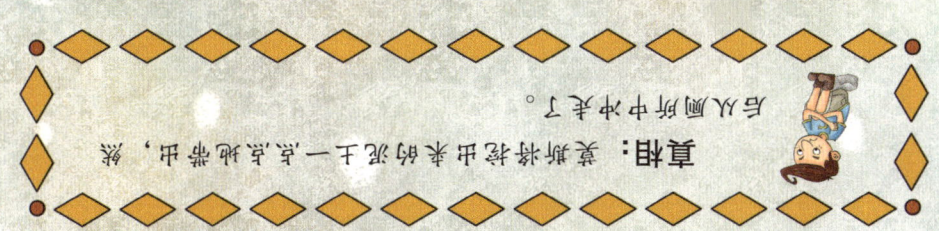

真相：莫斯将挖出来的泥土一点点地带出，然后从厕所中冲走了。

26. 手提箱迷踪

艾文独自乘火车去外婆家，就在车即将靠站的时候，他突然听到一位女士急叫道："我的手提箱不见了。"这个小站停靠的时间非常短，要下车的旅客看上去都行色匆匆。

艾文听到这位女士的尖叫声，便马上赶过去安慰她，让她别急，看看会不会是有人拿错了。女士听了艾文的话，于是赶紧朝四处搜寻，果然，她看到一个男子提的箱子和自己的很像。于是，她快步冲了上去，一把抓住那个男子："这是你的手提箱吗？"

"对不起，我拿错了。"男子一怔，马上道歉说。于是，他慌忙把手提箱还给女士，然后就走开了。

艾文看到这里，立即追过去对那个男子说："先生，你下错车了，快回去！"说着，不由分说就把男子拉上了车。

随后，艾文趁机赶紧叫来警长说："那个男子是小偷，你去把他控制住。"警长把那个男子带到警备车厢，从他身上搜出了很多现金、首饰等，那个男子在事实面前只好招供。

艾文是怎样看出他是个小偷的呢？接下来的这两幅图是当时发生的场景，你看出来了吗？

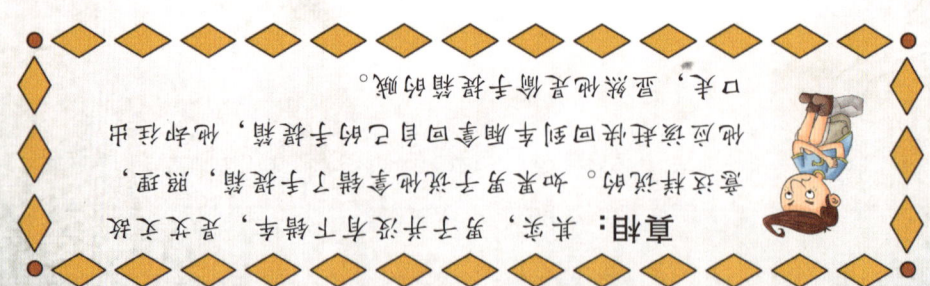

真相：其实，男子并没有下错车，是艾文故意这样说的。如果男子说他拿错了手提箱，照理，他应该赶快回到车厢拿回自己的手提箱，他却往出口走，显然他是偷手提箱的贼。

出口

27. 奇怪的触电事故

艾文妈妈的兴趣与众不同，她在自家的客厅里摆放着各种形状的鱼缸，养了多种鱼。

一天夜里，趁布朗夫妇外出旅行之际，一个盗贼溜进他们家，因室内安装了防盗警报，盗贼在进入室内之前先割断了电线。

然而，盗贼运气不佳，被正在家里的艾文发现了。尽管艾文小心翼翼，但还是被盗贼看见，幸好当时停电了，聪明的艾文装作很害怕的样子将盗贼引到一个鱼缸面前。盗贼果然将鱼缸撞翻了。盗贼“啊”地惨叫一声，全身抽搐当即昏倒。

艾文立即报案，警察赶到后断定盗贼是因触电昏倒，并直夸艾文聪明。但是当时完全是停电状态，盗贼为什么会触电昏倒呢？

真相：艾文妈妈养的鱼是电鳗。鱼缸被小偷打碎，电鳗掉在地上，小偷碰到电鳗被电昏。

28. 密室枪杀案

克莱尔遇到了一个侦探难题，她带着题目来请教艾文的爸爸：

某夏天的一个夜晚，一座独门独院的别墅里，一个罪犯团伙的头目被枪杀。第二天早晨，有人发现了尸体，凶器是一把手枪，被丢在尸体旁边。

可是，那间房子的门是从里面反锁着的。面积狭小的窗户从里面插着插销，窗外是很坚固的铁条防盗护栏，案发现场简直是一个完完全全的密室。

那么，罪犯是如何杀了头目的呢？

在艾文爸爸的提示下，聪明的克莱尔很快找到了答案。

真相：罪犯是从被破坏的窗户玻璃洞伸进手枪开枪打死头目的，并且将手枪扔进室内后逃跑，当时罪犯还将几只蜘蛛放到窗台上。

29. 小狗的秘密

布朗先生有很多在警察局工作的朋友，凯特就是其中的一个。艾文非常喜欢凯特叔叔来家里做客，因为凯特叔叔总能讲很多有意思的故事。

这天警察凯特在街上巡逻时，正好碰上一个相貌凶恶的家伙从一个庭院后门溜出来。

“喂，你等一下。”凯特看他形迹可疑，便叫住他。

那人愣了一下，便站住了。

凯特问：“你是盗贼？”

那人生气地说：“岂有此理，我是这家的主人。”

那人回答时，一只长毛狗从门里跑了出来，并跟在那家伙的脚后嬉闹。

“这只‘美丽’是我家的看门狗，所以，你应该弄清楚我不是可疑的人了吧！”

说着，那人抚摩着小狗的头，小狗向警察现出敌意，“汪汪”地叫了起来。

“美丽，不要叫！”

那人下命令后，小狗变乖了，它突然在附近小便起来。

凯特觉得那家伙的回答似乎找不出什么疑点，但是，当他刚准备离开时，突然发现了什么，叫道：“喂，你就是一个盗贼。”

那么，什么证据使凯特识破了那人的真面目呢？艾文百思不得其解，你能帮助他吗？

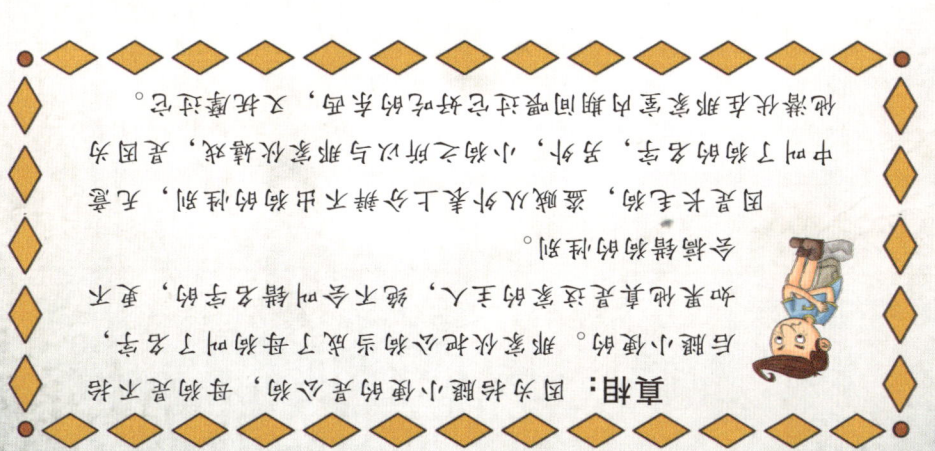

真相：因为抬腿小便的是公狗，母狗是不抬后腿小便的。那家伙把公狗当成了母狗叫了名字，如果他真是这家的主人，绝不会叫错名字的，更不会搞错狗的性别。因是长毛狗，盗贼从外表上分辨不出狗的性别，无意中叫了狗的名字。另外，小狗之所以与那家伙嬉戏，是因为他潜伏在那家室内期间喂过它好吃的东西，又抚摩过它。

30. 谁是开枪者

布朗先生遇到了一起奇怪的案件：

公寓的二楼，突然响起一声枪响。吃惊的管理员赶去时，发现门锁着。管理员用备用钥匙打开门，进屋一看，一个女人躺在床上，头部中弹而死。

管理员很快报了案。警察勘查了现场，发现被害人是在服用了安眠药熟睡时被枪杀的。后来经过调查，警察抓获了一个犯罪嫌疑人。但是奇怪的是，开枪时该嫌疑人在距案发现场约五公里处。

那么，凶手到底用什么办法射杀被害人的呢？警察找不到答案，只好向布朗先生寻求帮助。

布朗先生勘查现场后发现，手枪被人用绳子固定在床头上，但不知何故扳机上系着几厘米长的钓鱼线。被害人是在服用了安眠药熟睡时被枪杀的。你能帮助布朗先生破案吗？

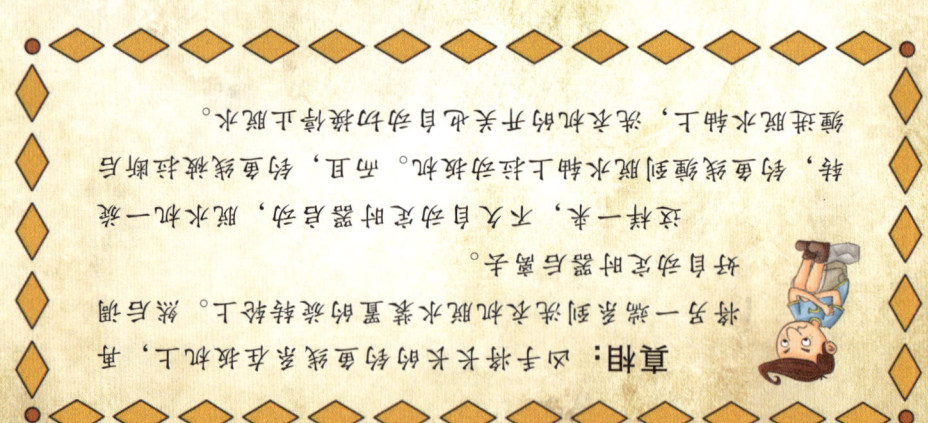

真相： 凶手将长长的钓鱼线系在扳机上，再将另一端系到洗衣机脱水装置的旋转轮上。然后调好自动定时器后离去。

这样一来，不久自动定时器启动，脱水机一旋转，钓鱼线缠到脱水轴上拉动扳机。而且，钓鱼线被拉断后缠进脱水轴上，洗衣机的开关也自动切换停止脱水。

31. 克里斯汀的测试

一个夏日的午后，艾文的数学老师克里斯汀在班上进行了一次数学测验。

测试后，克里斯汀高兴地说道：“这次数学测验，大家的成绩都不错，其中有四名同学的成绩比较突出。”

老师说着，在黑板上写下四个人的名字，分别是艾文、克莱尔、马修和布拉德。

克里斯汀写完后，笑道：“这四名同学中有一名测验成绩得了满分。下面我们做一个游戏，请这四名同学猜一猜，是谁得了满分。”

艾文等四人听了老师的话，纷纷猜测起来。

听完四个人的答案，老师说道：“四个人中只有一个人猜对了，其他人都猜错了。同学们，大家再猜一遍，这个人是谁呢？”

这次大家很快都猜出了是谁，你知道是谁吗？

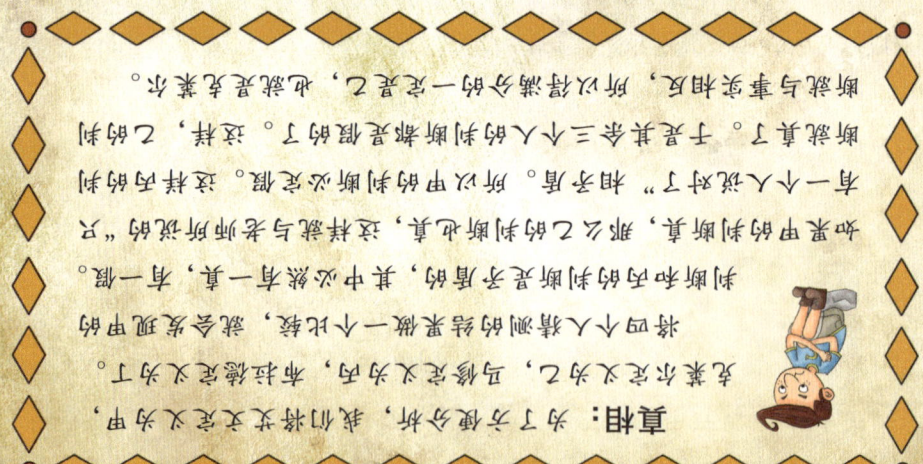

真相： 为了方便分析，我们将艾文定义为甲，克莱尔定义为乙，马修定义为丙，布拉德定义为丁。将四个人猜测的结果做一个比较，就会发现甲的判断和丙的判断是矛盾的，其中必然有一真，有一假。如果甲的判断真，那么乙的判断也真，这样就与老师所说的“只有一个人说对了”相矛盾。所以甲的判断必定假。这样丙的判断就真了。于是其余三个人的判断都是假的了。这样，乙的判断就与事实相反，所以得满分的一定是乙，也就是克莱尔。

是马修。
不是我。
我猜也不是我。
是艾文。

32. 休斯顿的迷宫

一个晴朗的星期天，艾文、克莱尔和同学马修三个人一起来到休斯顿公园游玩。

这个公园中有一个著名的迷宫，里面设置了很多思维测试和推理游戏，只有拥有智慧的人才能够从迷宫中走出来。每一个进入迷宫的人，手中都会拿着一个信号弹，中途想要放弃的人可以点燃信号弹，请求工作人员协助走出迷宫。

三个人商量后，决定进入迷宫，进行一场冒险之旅。

进入迷宫之后，他们发现里面果然充满各种陷阱，三个人闯过重重难关之后，来到了一个三岔路口。

这个三岔路口，是一个精心设计的推理题目，每个路口都设有一个路标，路标上写着指示语。

根据上面的提示，艾文冥思苦想许久，终于找到了答案，与克莱尔、马修一起走出了迷宫。

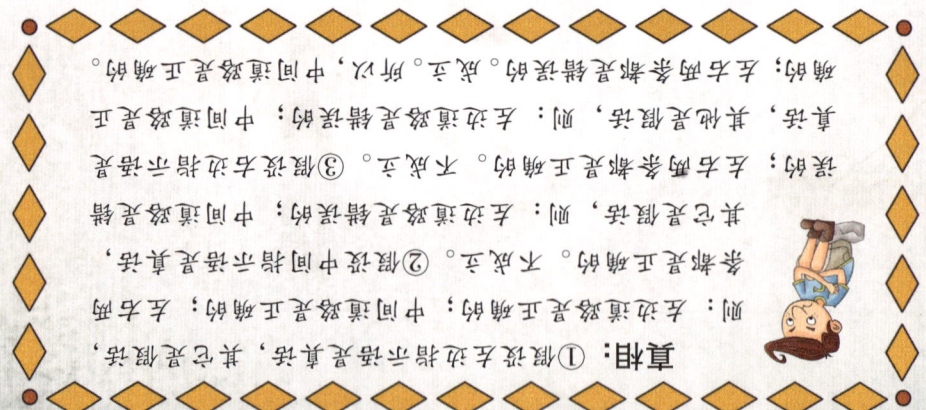

你知道应该走哪条路吗?

真相：①假设左边指示语是真话，其它是假话，则：左边道路是正确的；中间道路是正确的；左右两条都是正确的。不成立。②假设中间指示语是真话，其它是假话，则：左边道路是错误的；中间道路是错误的；左右两条都是正确的。不成立。③假设右边指示语是真话，其他是假话，则：左边道路是错误的；中间道路是正确的；左右两条都是错误的。成立。所以，中间道路是正确的。

这三条路中，只有一条能够带你走出迷宫。三个路标中的指示语，只有一句是真话，另外两句是假话。
这一条是正确的道路
这一条不是正确的道路
左右两条道路都不是正确的

33. 艾文的判断

这天下午，布朗先生带着艾文一起到郊区的河岸上钓鱼。

在经过一座桥时，他们看到桥上站了很多人，人们正议论纷纷。两人好奇地围上去打探，原来刚刚有一个女孩子的尸体从桥下漂过来，警方正在调查这一案件。

这时，有一个男子划着小船快速地向桥驶过来。他找到正在勘查现场的警官，说道："刚才我向桥下划过来时，正好看到这个女孩子在桥上脱下帽子，随后跳下了河。"

男子满脸憨厚，语气非常真切，周围的人全都相信了，以为这个女孩子果真是自杀而死。

可是，艾文听了男子的话觉得不对劲，他对布朗先生说道："他可能做了伪证。"

布朗先生点头道："我们得把他话中的破绽告诉这位警官，他肯定和这个案件有关系。"

你知道他们为什么这么说吗?

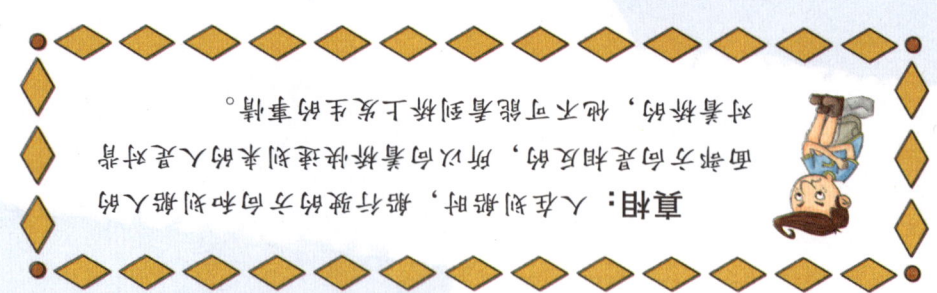

真相：人在划船时，船行驶的方向和划船人的面部方向是相反的，所以向着桥快速划来的人是背对着桥的，他不可能看到桥上发生的事情。

34. 复杂的关系

一天，艾文突发奇想，觉得一个人没有兄弟姐妹非常孤单，想要布朗夫妇再为他生一个弟弟或者妹妹。布朗先生听了，觉得非常烦，就给艾文出了一个推理题目，希望能够转移艾文的注意力。

题目是这样的：从前有一对夫妇，他们一共生了七个子女，从老大到老七分别为A、B、C、D、E、F、G。

目前只知道这几个兄弟姐妹的六个条件，希望艾文能够从这些条件中推算出谁是男性，谁是女性。

艾文果然被这个推理题目吸引住了，马上认真思考起来。亲爱的读者，你能帮艾文推算出答案吗？

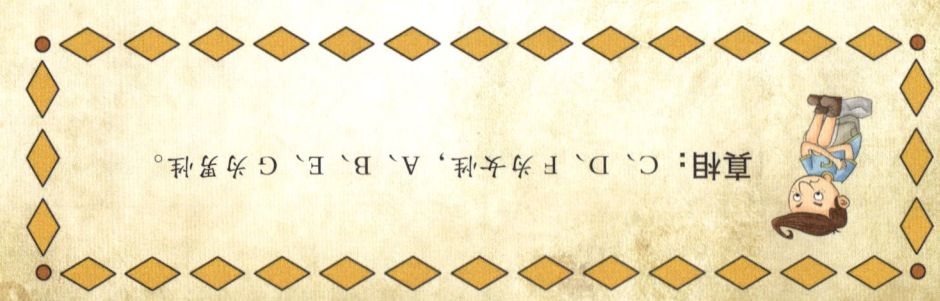

真相：C、D、F为女性，A、B、E、G为男性。

1.A 有 3 个妹妹；
2.B 有一个哥哥；
3.C 是女的，她有两个妹妹；
4.D 有两个弟弟；
5.E 有两个姐姐；
6.F 也是女的，但是她和 G 都
没有妹妹。

35. 谁是第一

夏季的一天，艾文的学校将要进行一场百米短跑竞赛，艾文对这个比赛非常期待。

然而，不幸的是，比赛当天艾文生病了，只得在家里养病。

第二天，他便早早来到学校，找到克莱尔，打听昨天比赛的结果。

调皮的克莱尔没有马上告诉艾文比赛的结果，而是给他出了一个难题。已知有八个人参加了最终决赛，他们分别是A、B、C、D、E、F、G、H。比赛结果如图所示，你能帮助艾文排出他们的名次吗？

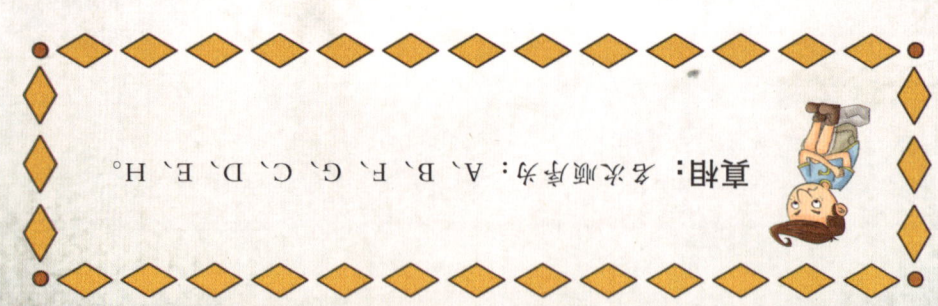

真相：名次顺序为：A、B、F、G、C、D、E、H。

1.B、C、D三人中B的速度最快，D的速度最慢，但不是第八名。
2.F的名次为A和C名次的平均数。
3.F比E高四个名次。
4.G是第四名。
5.A比C跑得快。

36. 温尼先生的谜题

一个星期六的下午，艾文的同学克莱尔、布拉德一起到艾文家做客。晚上，布朗先生决定带着三个孩子一起到附近的冷饮店喝饮料。

冷饮店的老板温尼是布朗先生的老朋友，而且是一个喜欢捉弄人的风趣老头。

这天，四个人坐下后，布朗先生点了白酒，艾文点了啤酒，克莱尔要了可乐，布拉德则点了冰红茶。

不久，温尼亲自为他们端上了饮料，饮料都装在一模一样的瓶子里。大家看到温尼给四个瓶子都贴了标签，于是猜到温尼可能又在捉弄人了。

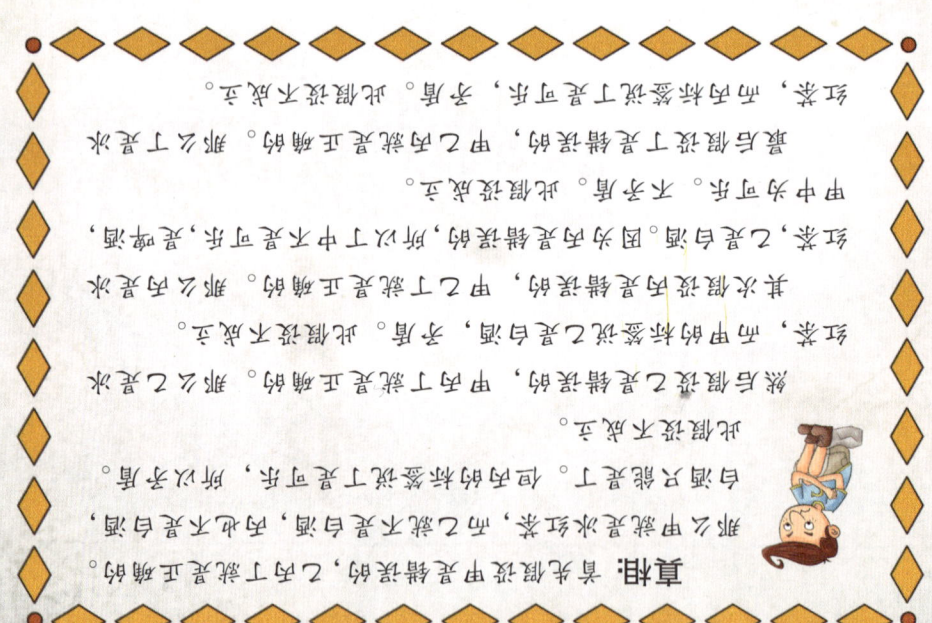

真相：首先假设甲是错误的，乙丙丁就是正确的。那么甲就是冰红茶，而乙就不是白酒，丙也不是白酒，白酒只能是丁。但丙的标签说丁是可乐，所以矛盾。此假设不成立。

然后假设乙是错误的，甲丙丁就是正确的。那么乙是冰红茶，而甲的标签说乙是白酒，矛盾。此假设不成立。

其次假设丙是错误的，甲乙丁就是正确的。那么丙是冰红茶，乙是白酒。因为丙是错误的，所以丁中不是可乐，是啤酒，甲中为可乐。不矛盾。此假设成立。

最后假设丁是错误的，甲乙丙就是正确的。那么丁是冰红茶，而丙标签说丁是可乐，矛盾。此假设不成立。

温尼看着大家，狡猾地说道：“这四个瓶子里分别装着白酒、啤酒、可乐和冰红茶，装有冰红茶的瓶子上的标签是假的，其他瓶子上的标签都是真的，你们能猜到哪个瓶子里装的是自己的饮料吗？猜对了就可以免单哟。”

大家听了，都看着眼前的四个瓶子，纷纷思考起来。你知道每个瓶子中分别装着什么吗？

37. 艾文的问题

这是一个晴朗的周六，克莱尔的父母出差了，走之前特意将克莱尔托付给布朗夫妇照顾。艾文为此非常高兴，毕竟两个孩子是非常要好的朋友呢。

这天下午，布朗先生想要去附近的文具商店买东西，克莱尔和艾文正好要去书店买书，于是三个人便一起去了。

到了商店后，布朗先生走进了卖文具的店，而克莱尔和艾文走进了书店。

半个小时之后，布朗先生看到两个孩子空着手出来了，于是问道：“你们不是要买书吗？”

艾文垂头丧气地说道：“是啊，我们看中了一本《动物百科全书》，可是我们的钱不够啊。”

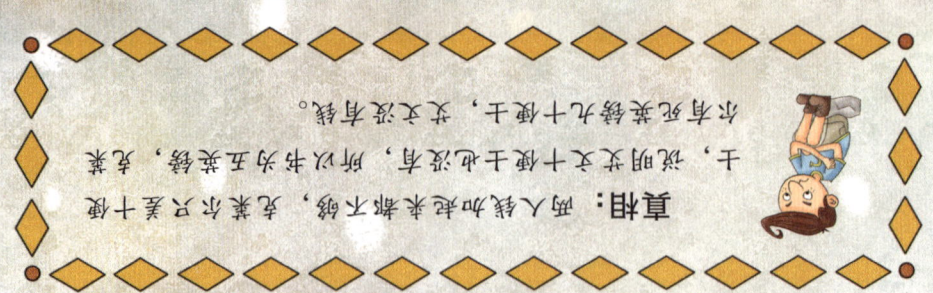

真相：两人钱加起来都不够，克莱尔只差十便士，说明艾文十便士也没有，所以书为五英镑，克莱尔有四英镑九十便士，艾文没有钱。

布朗先生问道：“这本书多少钱？”

克莱尔刚想回答，艾文立刻制止了她。然后，调皮的艾文看着布朗先生，说道：“我出个题目给你猜猜看吧，如果你猜错了，就帮我们买书，怎么样？”

布朗先生听了，欣然同意。

艾文便说出了这个题目，你知道答案吗？

如果用我的钱买的话，差五英镑；如果用克莱尔的钱买的话，缺十便士；如果把两个人的钱加起来买的话，钱还是不够。你猜这本书的价格是多少？

38. 聪明的售货员

这天下午放学后，艾文和克莱尔一起回家。路上，一会儿克莱尔跑远了，艾文赶快追上去，对她扮了个鬼脸；一会儿，不知道什么原因，克莱尔又叫着往回追着艾文跑，一路嘻嘻哈哈。克莱尔家到了，艾文跟她说过再见，便蹦蹦跳跳往家走。他觉得有点饿了，想到街角威利家的商店买块巧克力，他们家的巧克力很好吃，他很喜欢。

艾文走进巧克力店，发现里面有很多人在排队。看来，还得等一阵子才能买到，他看了看柜台上的巧克力，还是老实地站到了队伍的尾巴上。排在艾文前面的是一个小女孩，轮到小女孩时，小女孩对售货员说道：“我要一份巧克力。”

售货员说：“白巧克力九十便士，黑巧克力一英镑，你要哪一种呢？”

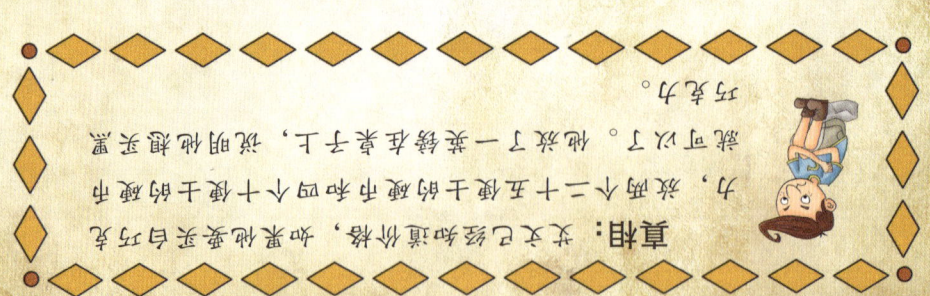

真相： 艾文已经知道价格，如果他要买白巧克力，放两个二十五便士的硬币和四个十便士的硬币就可以了。他放了一英镑在桌子上，说明他想买黑巧克力。

小女孩买了白巧克力，付钱后走了。

轮到了艾文，他将一英镑放在了柜台上，说道：“给我一份巧克力。”

售货员很快给了他一份黑巧克力，艾文边吃边走，满意地想：“还是威利家的巧克力好吃，等这么长时间值了。”

艾文并没有说要黑巧克力，售货员是怎么知道艾文想要黑巧克力的呢？

39. 布拉德的伎俩 

小布拉德是班上有名的调皮鬼，总是喜欢捣乱，而且特别喜欢找艾文的麻烦。一天，艾文正在做一道数学题，布拉德走过来，对他说道：“你知道吗，并不是我不喜欢学习，而是我的时间实在太紧张了，以至于我都没有时间学习。”

艾文说：“你又不需要工作，怎么会没有时间呢？”

布拉德说：“你要是不相信的话，我给你做一道算术题吧，你看后就明白了。”

布拉德很快在艾文的本子上算起来，而且最后得出的结论着实有点吓人呢。

不过艾文对着他列的数字看了一会儿便露出了微笑，艾文识破了他的伎俩。

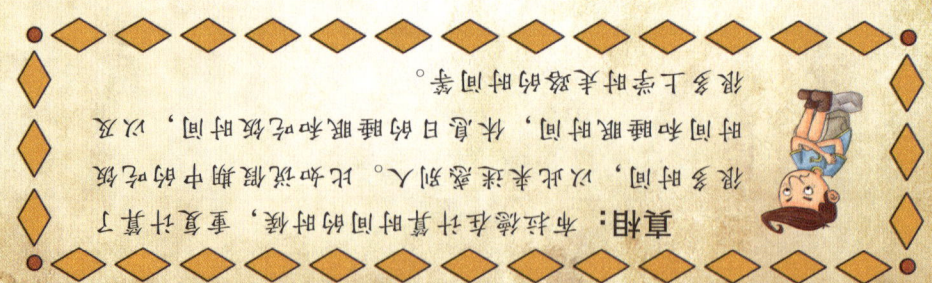

你知道为什么吗？

真相：布拉德在计算时间的时候，重复计算了很多时间，以此来迷惑别人。比如说假期中的吃饭时间和睡眠时间，休息日的睡眠和吃饭时间，以及很多上学时走路的时间等。

每天睡8个小时，一年的睡眠时间是122天；寒假和暑假
一共60天；每周休息2天，一年就休息104天；每天吃饭
需要3个小时，一年需要46天；每天从学校到家走路需
要2个小时，一年需要30天，这些加
起来，用算式来表示，等于362天。

40. 小偷的困惑

小偷伊万来到施魏因斯堡，按了房间的门铃，没有一点儿声响。就在他准备用万能钥匙打开房门时，房里传出一个少女的声音：“稍等，谁？”

门打开一条缝隙，露出一个漂亮的脸蛋。伊万推开房门，挤进房间，用背顶着门。少女看到是个陌生的男人，惊恐地叫道：“你想干什么？快出去，不然我叫警察了！”少女话还没说完，伊万像恶虎扑食一般，冲上去紧紧扼住少女的脖子。少女拼命挣扎，一脚踢倒了身旁的小桌子。不一会儿，少女的反抗越来越弱，最后无声无息地倒在床上。伊万见少女昏死过去，急忙使用万能钥匙打开衣柜的抽屉。

突然，房门被打开了，布朗先生冲进来，大声喊道：“你被逮捕了！”伊万还没反应过来，就被铐上了铮亮的手铐，直到最后，他也没弄明白自己为什么会被抓：摆平这个少女不过五分钟，窗户关着，帘子挂着，墙是厚实的，少女的喊叫外面肯定听不见，难不成自己被跟踪了？

请问布朗先生怎么会及时赶过来的呢？

真相：伊万在按门铃时，少女正在和朋友通电话，她说“稍等”这句话是对电话中的朋友说的，她与伊万搏斗时，电话一直处于通话中！她的喊叫通过话筒传到朋友那里，朋友马上报案给布朗先生！

41. 西拉蒙的破绽

西拉蒙是个间谍。一天，他得到一封密报：今天夜里 1 点钟左右，S 国的情报官将要驾驶一辆吉普车，带着一份绝密文件，经过 5 号盘山公路。西拉蒙马上决定，在公路上拦截情报官，抢走绝密文件。

夜深了，公路上很少有过往的车辆。西拉蒙坐在一辆卡车里，关了车灯，隐蔽在路边。他的夜光手表显示时间是夜里 1 点。这时候，远处传来汽车马达声，黑暗中他清晰地看到灯光越来越近，“就是那辆吉普车，行动！”他立刻打开车灯，发动汽车，打算拦截。谁知道，吉普车“突突突”响了几声，熄火了，情报官跳下车，骂了一句：“见鬼！”

这真是天赐良机啊！西拉蒙一踩油门，卡车冲了过去，“吱”的一声，在吉普车旁边刹住了。西拉蒙跳下车，拔枪对准情报官。那情报官拿了公文包，撒腿就跑，可是他怎么跑得赢子弹呢？西拉蒙“砰砰”两枪，把情报官打死了。他打开公文包，拿走了绝密文件，然后，把尸体和公文包放进吉普车，又拿出事先准备好的汽油瓶，扔进吉普车驾驶室。他把吉普车推下悬崖，“轰”的一声，山谷下燃起了熊熊大火。

第二天晚上，电视新闻播报了这则事故，西拉蒙为自己的“杰作”兴奋不已，然而，笑容只保持了一瞬间，电视里便传来了让他揪心的报道：“警方根据初步调查，认为这起事故是一个大阴谋……”西拉蒙吓出了一身冷汗，他不明白，警方从哪里发现了破绽呢？

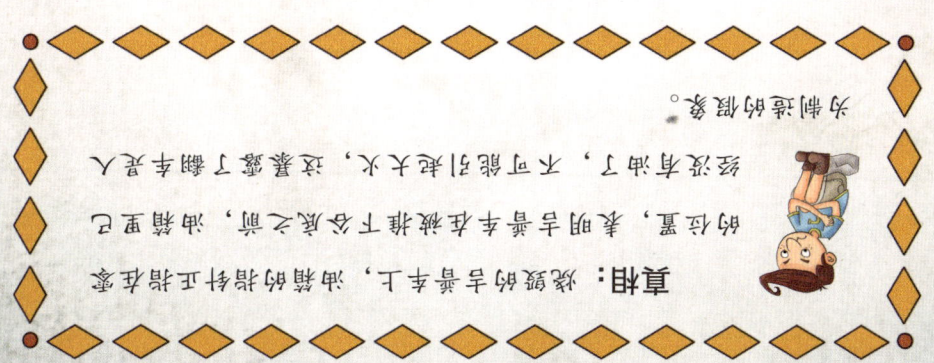

真相：烧毁的吉普车上，油箱的指针正指在零的位置，表明吉普车在被推下谷底之前，油箱里已经没有油了，不可能引起大火，这暴露了翻车是人为制造的假象。

42. 布朗先生的理由

在一座豪华的别墅里，有个老妇人被人杀害。老妇人的丈夫是富翁，两年前死于一场车祸，只留下她一个人住在这里。她没有子女，只有一个外甥经常来看她，好在她的身体还硬朗，就没有请保姆照顾。谁知道祸不单行，现在她也遭遇不幸！

根据布朗先生调查的结果来看，老妇人的外甥嫌疑最大。因为从现场看，罪犯很可能是死者的亲属，而经常来看老妇人的，只有外甥密尔敦。而且他是老妇人财产的第一继承人，他会不会为了早点得到遗产而杀害老妇人呢？

布朗先生立刻询问密尔敦先生。他是一个摄影记者，戴着金丝边眼镜，穿一套灰色的西装，夹着一个名牌公文包，看上去非常斯文。布朗先生说："不瞒您说，您的犯罪嫌疑最大，首先您有犯罪的动机，您姨妈死了以后，您就可以继承遗产，您也有作案的时间……"

密尔敦马上说：“布朗先生，很冒昧打断您的话。我并没有作案的时间啊！”他胸有成竹地打开公文包，拿出一张照片递给布朗先生，说，“我姨妈遇害的时间，是在昨天上午9点钟，当时我正在海滨公园拍摄，巧得很，我还在公园里的钟楼前，让人给我拍了一张照片，您看这张照片上，大钟显示的时间不正是9点钟吗？”

布朗先生看了看照片，上面的时钟确实指着9点钟。他又仔细看了一遍，嘴角露出了一丝笑容，说：“您的这张照片正好说明了你就是凶手。”

既然照片上的时钟指着9点钟，为什么布朗先生却认为密尔敦是凶手呢？

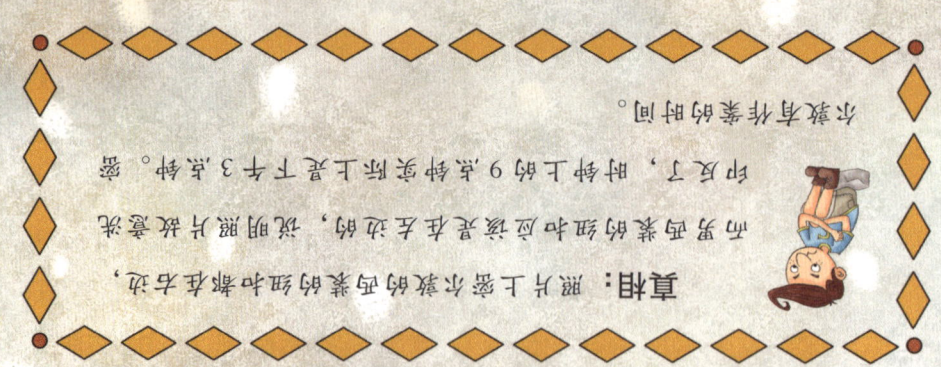

真相： 照片上密尔敦的西装的纽扣都在右边，而男西装的纽扣应该是在左边的，说明照片故意洗印反了，时钟上的9点钟实际上是下午3点钟。密尔敦有作案的时间。

43. 最后的礼物

这是一个圣诞节的夜晚，布朗先生一家来到休斯顿酒店就餐，准备度过一个浪漫而美好的圣诞节。

休斯顿酒店里到处张灯结彩，走进酒店时，布朗先生碰到了以前的一个同事——马特先生。

马特先生说，他现在所在的公司准备晚上在酒店举办一个圣诞晚会，晚会现场就选在酒店的二楼大厅，听说公司经理怀恩先生还特意为每一名员工都准备了一份圣诞礼物呢。

艾文听了，觉得这个晚会一定非常有趣，于是趁着布朗夫妇在一楼用餐的时候，悄悄溜到了二楼。

二楼果然聚集了很多人，大厅中央摆放着一棵巨大的圣诞树，圣诞树上挂满了花花绿绿的礼物。

艾文在大厅里转了十几分钟，正准备离开时，大厅里突然出现一阵骚动。艾文留神听着人们的议论，很快得知，原来公司刚刚传来消息，财务主管安德烈先生被人发现吊死在自己的办公室里！

因为这件事的影响，大家都无心再举行圣诞晚会，职员们纷纷从圣诞树上取下礼物，离开了。

这时，马特先生刚取下自己的礼物准备离开，发现所有人都走了，只有艾文正愣愣地站在大厅中，便走过去问道：“你怎么还待在这里呢？”

艾文说道：“你说经理怀恩先生为公司所有人买了礼物，却没有给安德烈先生买，这是为什么呢？”

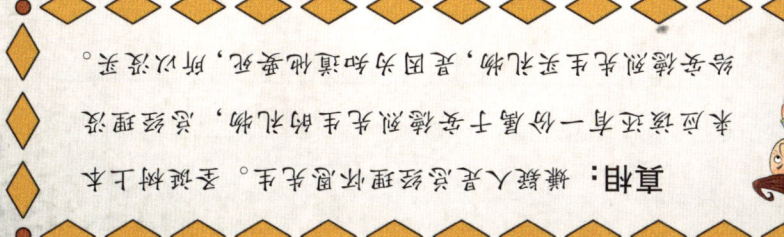

真相：嫌疑人是总经理怀恩先生。圣诞树上本来应该还有一份属于安德烈先生的礼物，总经理没给安德烈先生买礼物，是因为知道他要死，所以没买。

44. 奇特的生日礼物

这天是克莱尔的生日，克莱尔的爸爸、妈妈在家中为她举办一场生日派对，艾文在被邀请之列。

当然，艾文是带着礼物来参加派对的，不过调皮的艾文还特意为克莱尔准备了一个难题。

你看，等到艾文送生日礼物时，他慢悠悠地站起来，从袋子里拿出三个一模一样的盒子，然后说道："这三个盒子里分别装着蛋糕、巧克力和水果面包，里面装的东西与外面的标签内容完全不同。现在A代表水果面包，B代表蛋糕，C代表巧克力，但这些标签肯定是不对的。要想弄清楚每个盒子里装的是什么，你至少要打开其中的一个盒子才能搞清楚。你可以打开一个盒子，然后猜猜看其他两个盒子里装的是什么。要是答对了，我就把这三样礼物都送给你。"

克莱尔听了，兴奋地打开了盒子A，并且埋头思索起来。

聪明的小朋友，你知道答案吗？

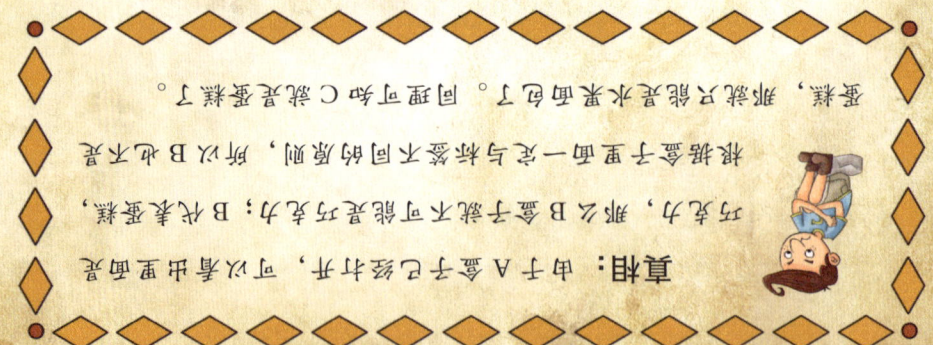

真相： 由于A盒子已经打开，可以看出里面是巧克力，那么B盒子就不可能是巧克力；B代表蛋糕，根据盒子里面一定与标签不同的原则，所以B也不是蛋糕，那就只能是水果面包了。同理可知C就是蛋糕了。

S
A
B
C

45. 睡美人之死

夏日的一天，艾文发热住进了医院，病房在医院的五楼。

住院后不久，艾文从护士那里听到了一个不幸的消息：大明星雷娜不幸在火灾中烧坏了双眼，双腿也受伤了，还毁了容貌，也住进了这家医院，就在艾文病房的隔壁。

艾文为此郁郁寡欢，因为他非常喜欢雷娜，很同情她的遭遇。

这天晚上 9 点左右，艾文吃下药正打算睡觉，突然听到了一声奇怪的坠地声。

之后，便听到有人在走廊上大叫道：“有人跳楼自杀了——”

晚上8点左右，我给雷娜送去她平常服用的治疗烧伤的药和安眠药。快9点的时候，我听到她的丈夫弗雷德的叫声，等我冲进病房后，我看到弗雷德正站在窗前。
这几天我实在太累了，晚上8点左右我服侍雷娜吃药睡下后，趴在床边睡着了。后来，我被一阵响动惊醒，就看到雷娜从窗户跳了下去。

艾文不久被告知，是雷娜刚刚跳楼自杀了。

医院迅速报了警，费斯警官赶到案发现场，询问了在场所有人。艾文因为住在隔壁病房，也被询问了。据费斯警官说，警方在窗户旁边发现了雷娜的指纹。

费斯警官也同样询问了雷娜的主治医生约翰先生和她的丈夫弗雷德先生。

艾文听了他们的证词，突然发现了一个漏洞，确定雷娜并不是自杀而死的，你知道为什么吗？

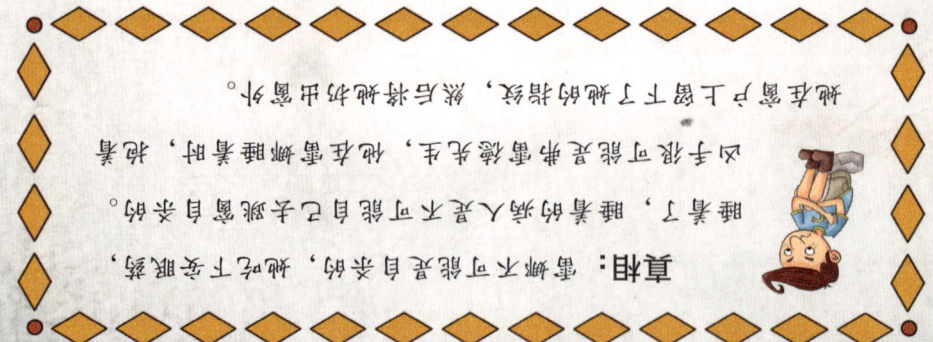

真相： 雷娜不可能是自杀的，她吃了安眠药，睡着了，睡着的病人是不可能自己去跳窗自杀的。凶手很可能是弗雷德先生，他在雷娜睡着时，把着她在窗户上留下了她的指纹，然后将她扔出窗外。

46. 神奇的占卜师

斯派洛是一个外地来的占卜师，他从不使用塔罗牌或水晶球，而是采用一种神秘的方式占卜，林恩镇没有人看好他。现在他正在给乌玛夫人占卜，他准确地占卜出许多乌玛夫人的事情，令乌玛夫人目瞪口呆，她给了他五十便士！他是怎么占卜得如此准确的呢？不过这并不重要，重要的是许多人要求马上进行占卜。真的很神奇，斯派洛好像是大家多年的邻居一样，大家的事情他知道得一清二楚！

艾文和克莱尔好奇地来到这里，很快，艾文察觉到了异常——斯派洛极有可能是一个骗子！可是艾文没有证据，他眼珠一转，想到一个好办法：如果斯派洛是个骗子，他在行骗结束后肯定会在某个地方躲藏起来。于是等到斯派洛收摊后，艾文让克莱尔回去通知布朗先生，自己则悄悄地跟踪斯派洛。艾文看到斯派洛居然来到了乌玛夫人家！不一会儿，布朗先生赶过来了，他们敲开乌玛夫人家的门。乌玛夫人一看到是他们，显得很吃惊，但还是让他们进去了。艾文一进入客厅就看到一个陌生人坐在沙发上抽雪茄，不过他马上就认出这个陌生人就是占卜师斯派洛，他果然是一个骗子！

艾文是怎么看出陌生人就是斯派洛的呢？

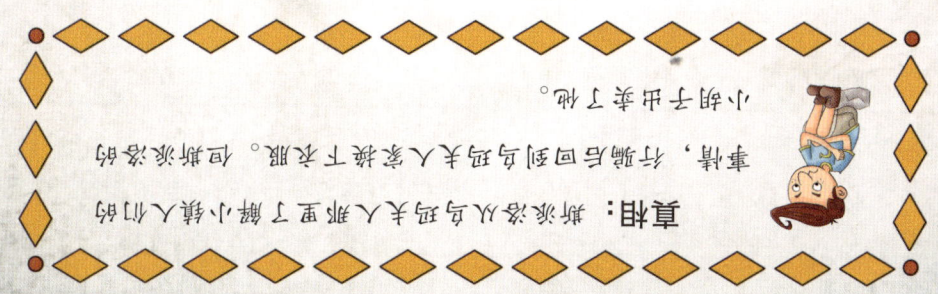

真相：斯派洛从乌玛夫人那里了解小镇人们的事情，行骗后回到乌玛夫人家换下衣服。但斯派洛的小胡子出卖了他。

47. 突破封锁线的大盗

一个夏季的假期，艾文来到了住在名叫圣诞派的乡村的爷爷、奶奶家中度假。

这天晚上，费斯警官突然带领警员封锁了整个村子。爷爷带着艾文一起找到费斯警官，好奇地询问到底发生了什么事情。

原来，这天晚上，著名的大盗 K 偷走了伦敦博物馆里价值连城的宝物“法老的黄金面具”。警方追踪着大盗 K 的踪迹，一直追到这里，大盗 K 开着他的跑车躲进了这个村子。之后，费斯警官便迅速封锁了这里，监控着这里所有的公路路口。

艾文对这个村子非常熟悉，知道这里只有一条单行铁路支线，中间没有任何岔路，这个时候末班车应该已经开过去了。大盗 K 已经钻进了封锁圈，成了袋中老鼠。

然而，一个小时之后，大家仍然没有看到大盗 K 的踪影。费斯警官看着村子的地形图，焦急地沉思着。

突然，艾文想到了什么，叫道：“我知道他从哪里逃走了！”

你知道艾文想到了什么吗？

真相：铁路线也是一条路，大盗K将跑车开上铁路线沿铁路逃跑了。

虽然跑车骑着两条铁轨，底盘车轮跨度不够，但可让跑车的一侧车轮压着铁轨的一侧走，跑车的另一侧车轮在枕木上走。虽然车跑起来会上下颠簸，但没有任何障碍。因为是跟在末班车之后，所以即便是单行线也不必担心会与列车相撞。警察只封锁了公路的各个路口，大盗K恰恰就钻了警察的空子逃掉了。

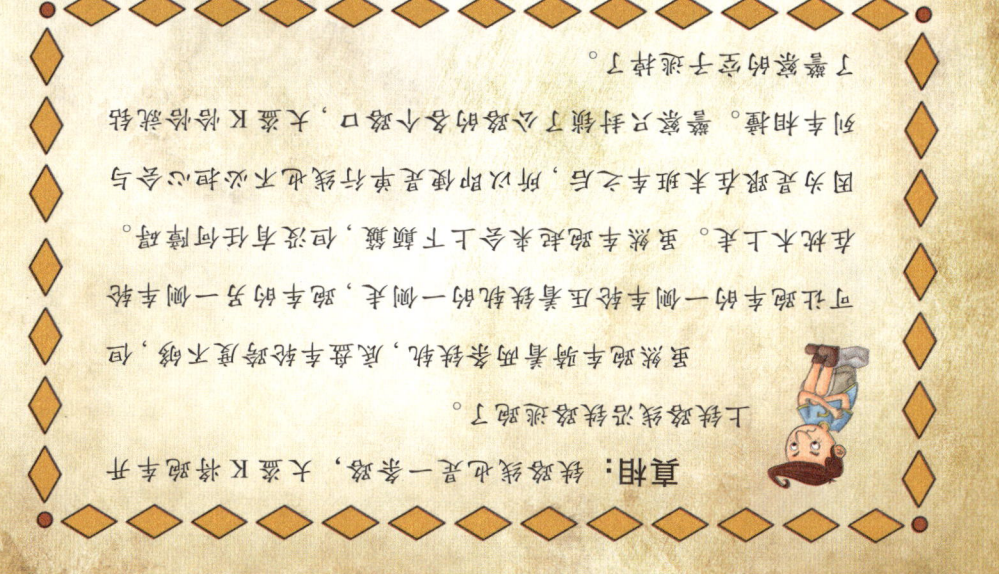

48. 豪华的套房

皮埃罗有一个怪癖，喜欢在极其奢华的房间里休息，但是在家中他的怪癖并不能得到满足。所以，每次他都会选一家五星级酒店偷偷地潜进去，在奢华的套房里，舒坦地睡上一晚。皮埃罗身手十分灵活，第二天他总能神不知鬼不觉地溜走。自从一台自动摄像机将他的夜间活动拍摄下来以后，布朗先生终于找到了线索，布朗先生的目的就是把皮埃罗送回他自己的家中。

前一天晚上，皮埃罗在著名的茨格林酒店过夜，大堂经理德尔虽然并不认识皮埃罗，但种种迹象表明皮埃罗昨天晚上确实到过这里。德尔展开了调查，可是并没有发现不明身份的客人入住。德尔打电话通知了布朗先生。

天还没亮，布朗先生就来到酒店，想要逮住皮埃罗。这时，酒店的员工正在宽敞的前厅引领客人，布朗先生观察了一周。

“我明白了，”布朗先生微笑着说，“这个可恶的家伙假扮成员工，偷偷地混进无人入住的房间。”

你知道哪个员工是皮埃罗假扮的吗？

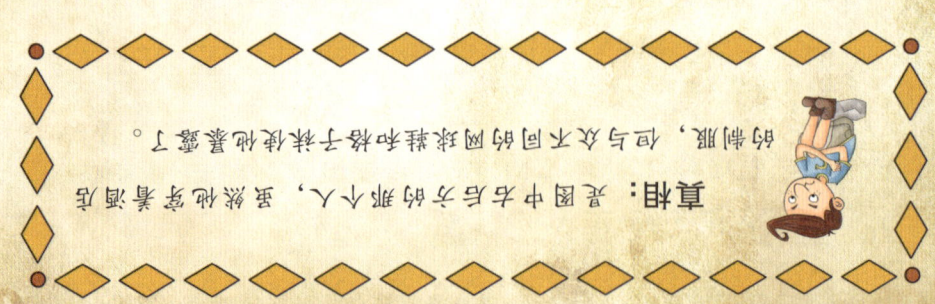

真相： 是图中右后方的那个人，虽然他穿着酒店的制服，但与众不同的网球鞋和格子袜使他暴露了。

49. 别墅绑架案

史莱克先生是史莱克公司的创始人，也是一位合格的丈夫和慈祥的父亲，他与妻子居住在伦敦郊区的一所别墅里，过着让人羡慕的生活。

这天，史莱克夫人要去城里的妹妹家住上几天。就在她出发没多久，史莱克的别墅里来了一位戴着墨镜的客人。这位客人穿着大衣，竖着领子，戴着帽檐压得很低的帽子。

傍晚，史莱克夫人正在与妹妹一家用晚餐，突然接到管家打来的电话。管家催促史莱克夫人尽快回家，语气非常焦急。史莱克夫人很担心，在妹妹诺拉的陪同下，连夜赶回家中。

“今天上午，您离开之后，家里来了一位戴墨镜的客人，先生和他交谈几句之后，便带他进了书房。不久，我听到争吵声，便借口送咖啡，到书房里走了一圈。看得出来，那位客人似乎很生气，但是先生并没有说什么。”管家把史莱克夫人迎进门，迫不及待地说道：“到了中午，他们还没有出来，我正想再找个借口进去看看，却接到一个陌生的电话，言辞之间透露，先生竟然被绑架了，要求夫人交出 50 万英镑的赎金。”

史莱克夫人刚坐下的身子，“腾”地一下站了起来，“什么，我丈夫被绑架了……”

她的话还没有说完，电话就响了起来，管家按下免提后，听筒内传来一个沙哑的男人的声音：“赎金准备好了没有，我已经给了你们一个下午的时间了，最迟明天下午把钱送到指定的地方，

否则，可别怪我们对史莱克先生不客气了！最后，警告你们最好别报警！”

史莱克夫人听后非常害怕，险些瘫坐在地上。还好诺拉临危不乱，经过一番利害分析，最终决定报警。

第二天一早，布朗先生便赶了过来。他先是安抚了史莱克夫人的情绪，又找来管家听取了案情汇报，随后在史莱克夫人的陪同下来到书房勘察。

书房里并没有发现什么线索，倒是窗外有两行脚印，从窗台下一直延伸到别墅的后门外。看来，绑匪是逼迫史莱克从后门走出去的。

布朗先生默默思考了一会儿，忽然问道：“史莱克先生有个叫加森（JASON）的朋友吗？”

史莱克夫人点了点头，说道：“昨天，先生告诉我，一个叫加森的人可能会来找他谈些公司的事情，可是他已经退休了，不想谈生意了。”

布朗先生听后，目光一凝，缓缓说道：“我断定加森就是绑匪。”果然，布朗先生从加森的家里救出了史莱克先生。

你知道布朗先生是如何断定加森是绑匪的吗？

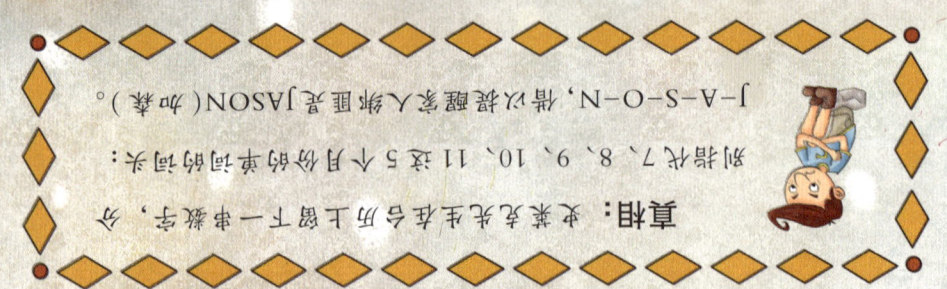

真相：史莱克先生在台历上留下一串数字，分别指代7、8、9、10、11这5个月份的单词的词头：J-A-S-O-N，借以提醒家人绑匪是JASON（加森）。